ようこそ実力至上主義の教室へ
3年生編
衣笠彰梧
トモセシュンサク
1
JN166869

「驚いてなさそうなところを見ると
……知ってたのか？　綾小路の移籍」

「少し前にね」

「森下も、一之瀬が先に知ってたことを知ってそうだな」

「知っていたことを知っている。

知らない人は覚えてね？　なかなか面白い表現です」

しらいしあすか
白石飛鳥

西川が白石の隣に立つと改めてこう挨拶する。

「改めて、今日はよろしくね綾小路くん。ついでにヨッシーも」

「俺はついでかよ」

西川亮子（にしかわりょうこ）

手を取り合って

Welcome to the Classroom of the Third-year

ようこそ
実力至上主義の教室へ
3年生編1

衣笠彰梧

MF文庫J

ようこそ実力至上主義の教室へ 3年生編

Welcome to the Classroom of the Third-year

contents

口絵・本文イラスト：トモセシュンサク

○終わる日常

私は、微かな高揚感を抑えながらいつもより少し早い登校を果たす。

そしてまだ歩き慣れない階段を上り、3年生の教室が並ぶ階に到着した。程なく視線の先に見つけたのは『3年Aクラス』のプレートが嵌め込まれた自分の教室だ。

足を止め、綺麗に磨かれたそのプレートをジッと見つめてみた。

「ついに辿り着いたのね……」

まだ実感は薄いものの、それでも目の前の状況が夢でないことは分かっている。

1年Dクラスから3年Aクラスへ。

楽しいことや嬉しいことも沢山あったけれど、忘れてはいけないのは辛い経験。

ここまでの道のりはけして平坦ではなかったこと。

山内くん、佐倉さん、そして前園さん。

クラスを去ることになった彼ら彼女らの犠牲の上に成り立っているもの。

それを忘れてはいけない。

思えば入学当初、私には明確な目標などなかった。

ただ兄さんのあとを追うために、この学校にやってきただけだった。

けれど兄さんには相変わらず距離を置かれ、冷たく突き放されてしまうだけの日々。

それでも学校生活を続けていく中で、私は兄さんの本当の気持ちを知ることが出来た。

自己の可能性を否定し、兄さんの背中を追い続けるだけではダメなのだと教えられた。

そして今は生徒会に所属し、入学式では祝辞を読むまでになった。

信じられないような軌跡を歩んでいる。

その軌跡の陰には綾小路(あやのこうじ)くんの存在が大きかったことも忘れてはいけない。

もし彼が同じクラスにいてくれなかったら、きっと今の私はなかった。

もっと未熟で、稚拙で、誰とも距離を詰めることが出来なかったはずだ。

何を考えているか分からない態度に困らせられることもあるけれど、それはご愛敬(あいきょう)ね。

ともかく、私はあの日から本当の意味でAクラスでの卒業を目標に掲げることにした。

兄さんのためでも私のためだけでもなく。

綾小路くんを始めとしたクラスの全員と喜びを分かち合うために。

それがこのAクラスという場所。

けして1人の力では辿(たど)り着(つ)けなかった場所。


——慢心してはいけない。

今はまだその頂への道筋が切り開かれただけ。
学校生活は、あと1年も残っている。
すぐ後ろには龍園くんのクラスが迫ってきている。
少し離れたとは言っても一之瀬さんのクラスや元坂柳さんのクラスだって侮れない。
この先どんな手段を使ってでも、私たちを追い抜き追い越そうとしてくるだろう。
逆に私たちは逃げ切るため、追い付かせないための戦いをしていかなければならない。
息を吐いて、私はプレートから目を逸らした。
喜ぶのは一旦ここで終わり。
新たに気を引き締め直していこう。
そう考え、私は教室の扉を開く。
教室内。黒板代わりとなっている大型モニターには、予め座る席が映し出されていた。
「私の席は――――」
廊下側から2列目の前から4番目。
そこが、3年Aクラス初日の私の席だった。
そしてその席の隣。1列目の4番目。そこには綾小路くんの名前がある。
「また彼の隣なんて……ね」
席の位置こそ大きく違えど、2年前も私たちは隣同士だった。

近々席替えがあるにしてもこういう偶然は嫌いじゃないわ。
ちょっとした重なりに可笑しさを覚えながらも、私は自分の席に座った。
まだ登校した時間が早かったこともあって、綾小路くんは姿を見せていない。
この席の並びを見てどんな感想を抱くのか早く気持ちを共有したいところね。

離れた窓。
そこから外の景色を見つめる。
1年生の時とも2年生の時とも、少しだけ違って見える景色。

あと1年。

あと1年で、この学校生活も終わりを迎える。

その時、このクラスで、この仲間たちで、Aクラスの卒業を果たしたい。

夢で終わらせない。

絶対に――果たさなければならない。

○混乱

始業式を体育館で終え、教室に戻って来た新3年生たち。

それから数分、間もなく2時限目の始まりを告げるチャイムが鳴る頃。

「……おかしいわね」

堀北(ほりきた)は何度か廊下の方を見ながら、首を傾(かし)げていた。

「何だよ、気になることでもあるのかよ？」

斜め後ろの席についた須藤(すどう)が、少し心配そうに声をかける。

「始業式が終わってから綾小路(あやのこうじ)くんの姿が見えないのよ。もう時間だっていうのに」

教室には、当たり前のように綾小路以外の全員が揃(そろ)っている。

今日はこの後に授業がないといっても、今はいなければならない時間。理由のない遅刻であれば学校側にチェックされてしまう。一度の不在で何ポイントもクラスポイントがマイナスにされることはないのはこれまでの経験から堀北も理解はしていたが、気を引き締めて臨む3年Aクラスの初日であり、かつて遅刻癖のあった須藤や池(いけ)たちとは違い、目立つ行動を好まない綾小路であるが故にその不在が引っかかっていた。

「そういやそうだな。でも体育館を出る時にゃ普通に見た気がするぜ？」

30分と経っていない記憶を掘り起こして、須藤が斜め上を見ながら呟く。

「そうよね？」

堀北も朝登校してきた綾小路とは、席が隣同士になったことについて少しの時間だが会話を交わしている。その時に異変らしい異変はなくいつも通りだった。

「腹が痛くなってトイレにでも籠ってんじゃねえのか？」

「まあ、考えられないわけじゃないけれど」

デリカシーのない発言に抵抗はあったものの、可能性としては十分考えられる。

それでも、どこか腑に落ちないと思っていると須藤は何かを思い出したようで、腕を組み一度深く頷いた。

「もしかしたら、仮病かもな」

そう言った後で苦笑いを浮かべた須藤は、何かを想像しながら思わぬ発言をする。

「仮病？　どうしてそう思うの？」

思いもよらない理由に問い返すと、須藤は2段階ほど声量を落として囁き声に変えた。

「最近、軽井沢と別れただろ？　顔を合わせるのはかなり気まずいだろうしよ」

「そんなことで仮病なんて――それに朝は普通だったわよ」

「いざ登校してみたら、意外とボディーブローみたいに効いてきたんじゃね？　俺も、なんつーか、やっぱ失恋すると精神的に来るものはあったしな」

堀北の目を見て、そしてどこか気恥ずかしそうに視線を逸らした。

去年の修学旅行で堀北に対して告白をした須藤だけに、実体験を根拠としていると告げた。堀北もその時の須藤の心情に思いを馳せる。確かにどこか気まずさを覚えた。

「……そういうもの、なのね？」

恋愛において自分の立場が上などとは全く考えていないが、それでも振られた側と振った側に分かれてしまう現実はどうしようもない。

まだまだ恋について知識と経験が不足している堀北にとっては、理解を示すにはやや難解なものだった。

その点も含め複雑そうな表情を見せた堀北に、須藤が慌てて頭を掻く。

「や、まあもう俺は平気だけどよ。ただ、意外と綾小路も繊細な一面を持ってるかも知れないって話だよ。同じクラスの人間同士で付き合うと別れた後が結構面倒っつーか、さ。ほら、朝から軽井沢だって露骨に綾小路を避けてるようだったし」

春休みが始まる前、3学期の終わりまで、親しい恋人同士だけに許された、ある種第三者は近寄りがたい距離感に2人があったことは堀北も覚えている。

ところが今朝の教室で、両者は一歩も距離を詰めることはなかった。

それは物理的な部分だけではなく、精神的な部分でも。

恋愛が絡むことで人間模様が少々複雑になることは確かかも知れないと考えを改める。

「言いたいことは分かったけれど、それくらいは2人とも覚悟の上で付き合っていたんでしょう？」

男女の仲に首を突っ込むつもりは毛頭ないが、事実として誰もが円満に別れられるわけじゃない。リスククらい意識しているはずではと呟く。

「んなことねえって。誰も最初から別れる前提で付き合ったりしないだろ。後輩連中からも付き合ったはいいけど別れて、距離感掴めなくなって困ってるって話聞くぜ？」

窓際後方の席に座る軽井沢を、堀北は悟られないよう盗み見る。

どこか元気がなさそうな様子で、窓の外を眺めていた。

「それくらいのリスク管理は最低限して欲しいところだけれど……」

もし事実がそうだったとして、それはそれ、これはこれ。

気まずいからと不在、遅刻することを容認できるものでもない。

「でも……やっぱり、どっちにしても可能性は高くないんじゃないかしら」

腹痛にしても振られたショックがあるにしても、綾小路の様子はやはり普段通りだったと改めて結論付ける。単にポーカーフェイスで、上手く隠していただけであることも十分考えられるものの、そういう性格とは到底思えない。

「ま、あくまでもそういう可能性があるってだけだけどよ。ちょっと遅れてきても大目に見てやれよ」

「一度くらいならね。もし複数回繰り返すようなら、クラスとして放っておくわけにもいかなくなるけれど。いいわ。何にしても時間が来れば分かることだもの」

真実がなんであれ無断で学校からいなくなることは、流石にないと堀北は判断した。

1

やがて訪れるチャイムの音。

堀北が最初に見たのは、担任である茶柱の慌てた異様な様子だった。

教室全体を見回した後、瞬く間に茶柱の顔色は青ざめていった。

茶柱の態度の異変さに周囲からも心配が寄せられる。明らかに目の焦点が合っていない。

数秒間、言葉を発さず、ただ教壇の前に立ち教室全体を見ている。

いや、見ているようでどこも見ていない。

その目に力はなく、どこか虚ろ。

異常に鈍感な人物がクラスの中にいたとしても、等しく同じ感想を抱いたであろう。

開口一番、戻らない綾小路のことを質問するつもりだった堀北だが、とても切り出せる雰囲気ではなく、どう考えても茶柱の体調確認を最優先にすべきだと判断する。

「先生、大丈夫ですか？」

しかし堀北が動き出すよりも早く、平田が茶柱に対し応答の確認を取った。

だが茶柱はその声にも反応しない。

平田の声は届いていないようだった。

比較的静かに見守っていた生徒たちも、その異常さに少しずつ焦り始める。

一番前の席で、茶柱に近い位置に座る菊地が、どこか恐る恐る呼びかける。

「あの……先生？」

至近距離からの呼びかけ。

それにも応じず、微動だにしない茶柱。

菊地は気付いてもらおうと、立ち上がり目の前で手を振る。

それでやっと菊地の行動に気付いたのか、茶柱がふと菊地を見た。

だが、すぐにその視線は外れ今度は堀北の方へと向けられた。

と、少なからず堀北は感じたものの、実際には両者の目は合っていない。

あくまでも堀北側をぼんやりと見ただけ。

やはり平田を始めとした、生徒たちの声が届いていないのだろうと判断する。

だとすれば、体調が優れないのか。

始業式に向かうまでは見た限りどこにも異常は感じられなかっただけに、これ以上放置するわけにはいかない。急を要する病気の可能性もある。

椅子を引いて立ち上がり、堀北(ほりきた)が教壇に向かおうとしたところで――。

「私は……大丈夫だ」

生徒たちの声は届いていたのか、あるいは今届いたのか。

覇気はないものの、茶柱(ちゃばしら)はそう呟(つぶや)いた。

「そう仰(おつしや)いますが、明らかにどこか体調が優れないように見えます」

まずは反応が返ってきたことに安堵(あんど)しつつも、平田(ひらた)がそう確認を取る。

「……それは……いや、本当に体調は大丈夫なんだ。ただ……」

続けようとして、茶柱は教壇に手をつく。

そして再度堀北を見るが、あくまでも茶柱の視点は堀北ではなくその隣、唯一空席になっている綾小路(あやのこうじ)の席に向けられていた。

「綾小路くんに何かあったんですか？」

体育館から戻る途中で、綾小路が大きな怪我(けが)をしたり何らかの病気を発症したりした、というような事態なら茶柱の変化にも納得がいく。

何かあったのか。そんな推測が少しは当たっていたことを意味している。

問いかけた堀北の言葉は確かに茶柱に届いたはず。

それでも、返答がなく沈黙が返ってきたことは、事の深刻さを窺(うかが)わせるものだった。

「怪我ですか？　それとも病気ですか？」

焦れたように堀北がそう聞くと、茶柱は首を小さく左右に振った。

こちらの考えが間違っていることを、伝えてくる。

怪我や病気でないなら、ひとまず緊急事態ではないということ。

しかしそれなら、どうして茶柱の顔はこうも暗いのか。

「いやいや、何なんです？　綾小路がどうかしたんですよね？　教えてくださいよ」

空気を読みつつも、ハッキリしない茶柱の態度に痺れを切らした池が早く話して欲しいと突っ込む。

そんな池を茶柱は一度見て、そして今度はクラス全体を見る。

やはりその表情は重たく、けして安堵させてくれない気配があった。

「……正直……」

小さく口を開く茶柱。

やっと話を始めるのかと思えば、今度は目を閉じ再び口も閉ざしてしまう。

だがいつまでも沈黙しているわけにはいかないと、顔を上げる。

「おまえたちに伝えなければならないことがある。今朝――――いや、つい先ほどある生徒がプライベートポイントを使い権利を行使した……と思われる」

歯切れが悪くも、茶柱はそう生徒たちに事実を話す。

「はい？　意味がよく分かんないんですけど。プライベートポイントで何をしたっていうんですか?」

　ある生徒。

　プライベートポイントを使い権利を行使。

　説明をするにしても、明確にされている部分が少なくてよく分からないと困惑する。

　詳細を教えることの出来ない、他クラスが起こした厄介事なのか。

　生徒たちの頭の中で憶測だけが広がっていく。

「今、教室に不在の綾小路だ……。彼が、権利を行使した」

　茶柱は深刻そうに語るものの、要領を得ないため生徒たちは首を傾げる。

　綾小路が一体どんな権利を行使したというのか。

「……クラスの……移籍だ」

　改めて質問をしようとしたところで核心と思しき言葉が茶柱から発せられた。

　綾小路がクラスを移籍した。

　確かに茶柱は、クラスの移籍と言ったものの、そんなことはあり得ない。

　Aクラスから移籍となれば必然的に下位のクラスになる。

　そもそも、それ以前の問題だ。

「あの、茶柱先生。冗談にしては面白くありませんし、真面目に聞いている私たちの身にもなってもらえないでしょうか」

クラスを移籍しようと思って、移籍できるなら誰も苦労しない。

生徒が他クラスへと移籍するためには、プライベートポイントを2000万用意しなければならない。周知の事実で、非現実的な話。

だからこそ冗談として口にしたのだと解釈する生徒も出てくる。

「僕も堀北さんの意見に賛成です。というより、本当に大丈夫なんですか？」

言動に真実味がないどころか、矛盾に近い発言を続けている茶柱。

やっぱり体調が悪いか、あるいは……。

「何らかの特別試験が始まってる、ってこともあるのか？」

堀北とほぼ時を同じくして、須藤が腕を組み冷静な考えを述べる。

そう、この茶柱の挙動や発言から何かを読み解く試験が始まっている、そんな奇妙な線の方がリアルに思えてくるくらいだった。

「私の言っていることが理解できないのはよく分かる。しかし……本当のことだ」

「本当のことと言われましても――」

「携帯を取り出してクラスのOAAを表示するといい」

あくまでも嘘だと認めない茶柱は、そう言い目を伏せながら指示をする。

「悪ふざけにも程があると思いますが……」

しかし一抹の不安が過る。

ここにきて、堀北には微かに嫌な予感が漂い始めている。

多くのクラスメイトは発言を疑いながらも、指示通り携帯を開いた。

そして3年Aクラスの一覧を表示させる。

もちろん、そこにはクラス37人全員のＯＡＡが載っているはずなのだ。

否、載っていなければ嘘である。

しかし……。

見落としたのかと思い、堀北は何度か画面を上下にスライドさせた。

が、そのどこにも綾小路の名前がない。

最初からクラスに存在しなかったかのようにリストから消失していた。

そんなＯＡＡの更新。この光景には何度か見覚えがある。

葛城康平の移籍、あるいは退学者が出た時と同じ。

「つい今しがた、更新されて綾小路のデータは――――移動したと思われる」

「な、何を……何を言っているんですか先生。そんなことあるわけ……ないじゃないですか」

堀北の声は無意識のうちに震えていた。

「綾小路は本日付けで……このクラスからＣクラスへと移籍することが決まった」

茶柱から、曖昧だった話の内容が明確に明かされる。

綾小路が始業式の後からいなかったのは、このクラスから離れたからだと。

「――――え？」

言葉の意味、茶柱の説明を頭は確かに理解したのに、その直後堀北の身体は理解不能のサインを出した。

「何を言っているんですか……？　綾小路くんがＣクラスに移籍なんて……」

「なんですかそれ、面白くない冗談っすね先生。今日エイプリルフールじゃないですよ」

まだ多くの生徒は半信半疑ですらない。嘘を前提に疑ってかかっている。

「私も……そういう冗談は好きじゃありません」

トッ、トッ、トッ――――。

「今日の茶柱先生は、やはりどこかおかしいと思います」

トッ、トッ、トッ、トッ、トッ――――。

やめてください――――。

堀北は心の中で呟いていた。

どうして、こんなにも心臓の音が速く、大きく跳ね上がっているのか。

自分自身も理解しているが理解したくない。

悪い茶柱の冗談に、心を乱される。

「信じられない気持ちは私も同じだ。だが……これは紛れもなく本当のことだ」

トッ、トッ、トッ、トッ、トッ、トッ、トッ――。

「そんなはずありません。何かの間違いです」

堀北はそう答えながらも3年CクラスのOAAリストを読み込む。
もし移籍が事実なら、こちら側に綾小路の名前が表示されなければおかしい。
そんなこと絶対にあるわけがない。

そう思いつつも、表示されたＯＡＡの一覧。

そこに付け加えられていた、綾小路清隆の名前。

それを目にした途端、訳が分からなくなり、完全に堀北の思考が停止する。

「う、嘘ですよね先生。綾小路くんが、Ｃクラスに移籍したなんて……」

明らかに慌て声を荒らげる、らしくない松下の言動に一部の生徒は驚きを隠せなかった。

「事実……だ。間違いじゃない――――間違いじゃないんだ」

茶柱は、繰り返し視線をタブレットに向けていた。

だとすればそこには、学校からの通達が来ていたとしてもおかしくはない。

時の流れに逆らい止めたくなる。

理解が追い付いていない堀北。

綾小路がクラスを移籍した。

そんな話は何度考えても理解不能である。

あるはずがない。

堀北たちはやっとの思いで、Ｄクラスから時間をかけて這い上がってきた。

そして、やっとＡクラスに辿り着いた。

これから１年間、全員が一丸となってその立場を守っていく。

それなのにＣクラスに移籍など、するメリットがない。

「し、しかしプライベートポイントは？　２０００万なんて大金幾ら彼でも――」

「今はまだ詳細は分からない。だが、学校が正式に認めた以上、その金額を用意したことだけは確かだろう」

「はい？　それが本当なんだとしたら綾小路って……え、なんで？」

「いや、意味分かんないでしょ。俺たちやっとの思いでAクラスに辿り着いたんすよ？　で、わざわざ初めてのAクラスの日に落ち目のCクラスに移動って。坂柳が抜けたクラスにですよ？」

「どういうつもりなんだ綾小路の奴……さっぱり意味が分からない。何か事前に聞いてないのか明人」

「いや、全く……。最近はちょっと距離もあったしな。堀北たちが知らないなら誰も知らないんじゃないか？」

幸村と三宅という綾小路と仲の良かったグループのメンバーも、今回の移籍に関してはやはり何も聞かされていないことが判明する。

「あれか？　軽井沢に振られたから恥ずかしくてクラスにいられなかったとか？」

「いやそれはないでしょ。恥ずかしかったとしても移籍するお金なんてないじゃん」

「頼み込んで貸してもらったとか……？　いや、流石にないか」

「私たちを裏切ったってこと？」

「いやけどさあ、上のクラスに行ったんじゃなくて下のクラスに行ったんだろ？　それってなんていうか普通じゃあり得ないっていうか。坂柳がいなくなったし勝ち馬に乗るって感じでもないっていうか。葛城みたいに居場所がなくなって追い出されるようなケースとも違うわけじゃん？」

篠原のそんな疑問を含んだ呟きに、本堂が同じように疑問で返す。

彼ら彼女らには想像もつかないことがある。

というより少なくとも一部の生徒以外は想像すらしていないだろう。

綾小路は自分の力だけでもクラスの勝敗を左右させられるだけの実力者であるということを。

綾小路が楽をしたいから、という発想を持つ可能性はある。

しかし、坂柳が抜けCクラスに沈んだクラスに移籍するくらいなら、このクラスに留まって何もしない方がよっぽど勝算があると言えるのが現状だ。

「分からないよ。確かに下のクラスに自分の意思で降りるって変な話だけど、プライベートポイントが絡んでる可能性はあると思う。移籍のお金はもちろん、今後1年間の生活費を見返りに貰えるなら――」

「それこそ変だろ。それってつまり坂柳の代わりっていうか、言い換えたらあのクラスがこれからAクラスで勝つために大金を払ってでも引き抜く人材ってことだよな？　何でそれが綾小路なんだよ。そりゃ最近はちょっと目立つ活躍みたいなのもしてたけど……」

　そんなやり取りに、堀北は息を呑む。

　綾小路の思惑は分からずとも、元坂柳のクラスが、綾小路獲得のために動いたという線は捨てきれないと思ったからだ。むしろ、ここから逆転するためにはそれが最も正解の選択肢とも言える。

　だからといって、綾小路がそんな提案に乗るのかという疑問も生まれる。

「それ考えられるね」

　誰もが動揺、混乱している中、櫛田が冷静な声で呟く。

「いやけどさ——」

「まあでもさ、この話が本当だとして……そんなに大げさに騒ぐことって感じじゃね？　堀北や平田が抜けたのとは違うんだしさ」

「寛治……綾小路がいなくなったって話、そんな単純な問題じゃねえんだよ」

「単純じゃないって言ってもねえ？　綾小路くんが抜けても大したこと——」

　この移籍の事実を然程問題視しない一部の生徒たち。

　彼らに対し、櫛田は呆れた視線を向けた。

「悪いけど、池くんや篠原さんが思ってるよりずっと綾小路くんは重要な存在だよ」

「重要って言われたって……」

「何も明るみに出てないだけで、これまでだって見えないところでクラスに多々貢献してきてるはず。そうだよね？　堀北さん」

この事態にも冷静な櫛田からのパスを受け、堀北が頷く。

「……ええ。綾小路くんの意思はおいておくとしても、Cクラスが逆転するために引き抜く人材としては、文句の付けようがない。もし本当に抜けても困らない生徒だったなら、茶柱先生がこんな風になるかしら」

茶柱は今も生徒たちの言葉を聞いているというより、呆然自失な状態が続いている。

篠原や本堂が、そんな茶柱を見た。

「マジで、そうなんですか？」

「堀北の言うように、綾小路の存在は大きい。もしウチのクラスにいなければ、今のAクラスという立場は十中八九なかっただろう。無論、それだけがAクラスになれた理由ではないが……それでも……抜けた穴は想像以上に――――でも、何故……」

先生も、生徒も、誰も答えが分からない。

もしもこの状況で、全てを理解できている生徒がいるとすれば――――。

自然と、堀北だけでなく多くの生徒の視線が一言も発していない軽井沢に向く。

誰よりも彼の傍で恋人として過ごしていた軽井沢なら、あるいは……。

そんな考えを全員が抱いただろう。

「軽井沢さん、彼から何か聞かされていないの？」

「……さあ。あたしは何も知らない。隠してるとかじゃなくて、本当に知らない」

こっちを見ることもなく、軽井沢は淡々とそう答えた。

その表情が曇っているのは綾小路が移籍してしまったからだけでなく、自身が恋人として別れを切り出したことが原因と考えているからだろうか。

いや、今はそんなことは関係ないと堀北は頭から追い払う。

綾小路が本当にクラスを移籍してしまったのなら、それどころじゃない。

「この移籍が何らかのミスなら取り消すことは可能ですよね？」

「不正な移籍、ということであれば取り消される可能性はあるが……ただ、その場合は不正を行った者が相当な処罰を受けることになる。綾小路にもその矢が向くだろう」

綾小路主導による違法な移籍。

考えたくもない可能性。

「だが不正の可能性は低い。こうして学校が正式に受理している以上は……」

「それでも、それでも分かりませんよね。何らかの脅迫を受けたなど、予期せぬ理由が後から出てくるかも知れません」

そうでなければ堀北には説明がつかない。

前触れなく、他クラスへの移籍なんて——あるはずがない。

「いや、それは……」

「堀北さん」

取り乱す堀北に、落ち着きのある平田の声が届いた。

「僕はまず現実を受け止めるところから始めるべきだと思う」

「現実……とは、どういう意味かしら」

「そのままの意味だよ。彼は、綾小路くんはクラスを移籍した。これは、揺るぎない事実として存在していること。既に学校は受理していて、ここに姿がないのが証拠だ」

「でもそれは……それは、証拠とは言えないわ。本当は体調を崩しただけかも知れないし、何かの間違いだってことも……」

「先生が説明してくれたようにOAAでも綾小路くんの移動が確認できた。どんなに信じたくないことだとしても、まずは一度受け止めるところから始めないといけない」

返す言葉を失う堀北に対し、淡々と話を続ける平田。

それを見た櫛田は、やや興味を持った様子を見せる。

「随分冷静なんだね平田くん。移籍にしても退学にしても、クラスから生徒が1人消えたかも知れないのに、何も動揺しないなんて」

これまでの平田は、退学者が出そうになるたびに心を痛めてきた。

そして去った後も誰より、その去った生徒の身を案じていた。

「移籍と退学は似て非なるものだよ。本人の意思なら猶更ね。それに慌てても仕方のないことだから。僕らが騒いでも綾小路くんが戻ってくるわけじゃない」

「それは違うんじゃない？　堀北さんはまだ、ミスの可能性を捨て切ってない。だったらそれに寄り添ってあげるのが、いつもの平田くんなんじゃないのかな」

クラスの中でも何人かは落ち着いた様子を見せているが、その筆頭が平田だ。

しばらく静観してクラスの様子を見ていたのも、らしからぬ行動だった。

「つまり、何が言いたいんだよ櫛田」

須藤が椅子を引いて立ち上がる。

櫛田がまた、クラスを混乱に陥れるために動いているのではと邪推したためだ。

「何も分からないまま、このホームルームの時間で話し合っても方向性なんてまとまらないよってこと。そうですよね？　茶柱先生」

櫛田は分かりやすく首を動かし、廊下側へと視線を向けた。

他クラスは既にホームルームを終えたのか、廊下が騒がしくなり始めている。

「……そう、そうだな」

教室内は高い防音性を持つため、普通の声量ならば外の廊下まで聞こえることはない。

しかし壁に近づきドアに寄れば一部の声を拾うことは可能だ。

良からぬ企みをする生徒が、外で聞き耳を立てているかも知れない。

須藤は感心したように一度頷いて、席に座り直した。

「これでホームルームを終わりにする。するが、綾小路に対して責め立てるような行動は取らないでもらいたい。今現在、何らルールに反した行動を起こしたわけではないんだからな」

生徒と同じように数々の疑問を抱えてはいるものの、学校の教師として問題行動は控えるよう伝える必要がある。大人として、警告すべきところを忘れてはならない。

「私も……茶柱先生に同意見です。ルールの観点だけでなく、事情が分からない中で、彼のもとに多人数で押しかけてもトラブルが生まれやすくなるだけ。まずは私が確認を取ってみるから、それまで冷静な行動をお願いしたいの」

「その通りだ。綾小路への不要な接触だけでなく、くれぐれも他クラスと揉めたりすることのないようにしてくれ。何かあれば必ず私や学校を通すんだ、いいな？」

教師として、これ以上生徒と共に黙り込んでいても仕方が無いと、茶柱は自身を奮い立たせるよう教壇に強く手をついた。

○確かめる

本格的な授業の開始は明日からのため、11時半を回る頃には新学年の初日が終わりを迎える。

いいえ、気が付けば終わっていたと言った方がいいかも知れない。

綾小路くんが移籍したという突拍子もない話。

俄(にわ)かには信じられず、今もけして信じてはいない。

そんなはずがないもの。

そんなはずはない……。

ずっと、同じことを心の中で呪文のように繰り返し続けている。

けれど……。

けれど……これは、勘違いでもなければ夢でもない。

本当に現実としてリアルタイムに起こっていること……。

会いたい。

会いたくない。

正直、会うことに対して怖い部分が無いわけじゃない。

嘘。すごく怖い。

怖くて怖くて、仕方がない。

心の中で葛藤を続けながら、私は自分の両手、その手のひらを見る。

震えている。

想像しただけで身体が震えている。

考えることを放棄し、拒絶しようとしている。

でも……でも、それでも――綾小路くんの真意を確かめなければならない。

諦めるなんてことは出来ない。

まだ、彼の目的が、彼の口から直接語られたわけじゃないのだから。

全てを判断するのは、その確認が取れてからでも遅くないはず。

何か私たちには言えないものを背負っているのかも知れない。


――確かめよう。


その思いだけを頼りに、席を立つ。

「――堀北さん」

私が動くのを待っていたのか、いつの間にか近づいてきていた平田くん。

須藤くんや他の生徒もこちらを見ている。

「悪いけれど後にしてもらえるかしら。今から彼に会ってくる」

余計な雑談に気を回せるほど今の自分には余裕がないから。

私は鞄も持たず、携帯だけを片手に廊下へ出る。

終業のチャイムが鳴ってからそれなりに時間が経過している。

廊下に出ると既に多くの生徒たちが帰り始めている。

そして私はすぐに周囲にいる他クラスの生徒たちの雰囲気から異変を感じ取った。

各クラスの先生から発表があったのか無かったのかは分からないけれど、少なくとも、もう同学年の全てのクラスの生徒たちが綾小路くんのクラス移籍を知っている。

私に向けられる好奇にも似た視線がそれを物語っていた。

もちろん、その視線には様々な意味合いや推測があるのだろう。

スパイとして相手クラスに送り込んだ説。

クラスから追放した説。

裏切られた説。

根も葉もない、憶測だけが無数に飛び交っているかも知れない。

でも今は関係ない。

他人の思考以前に、私たちのクラス、そして綾小路くんの思考が分からないのだから。

礼儀も何もなく、私は元坂柳さんクラスの教室、その扉を勢いよく開いた。

まだ残っていれば――――。

そう思ったけれど……。

彼の姿を探しつつ、無意識に机の数も数える。

坂柳さんが自主退学して抜けたはずなのに、席は減っていない。

ただ、そんなことよりも教室の中には数人の男女が残っているだけで綾小路くんの姿は無かった。

「司城くん」

一番傍にいた司城くんに、私は声をかける。

「俺に何か用、か？」

「こちらの用件は分かっているでしょう？　綾小路くんは？」

「数分前に教室を出た。多分だけど、ケヤキモールに行くんじゃないか」

「そう、ありがとう」

ならこの場所にはもう用はない。

廊下に戻ると、一部の生徒からのニヤニヤとした表情がすぐに目に飛び込んでくる。

私たちがトラブルの渦中にいるのは確かだけれど、不愉快だ。

廊下を早歩きしながら、私は携帯で綾小路くんに連絡を取ろうと試みる。

電話のコールは鳴るものの、どれだけ待っても出る気配がない。

気付いていないのか、気付いていて出ないのか。

「堀北さん」

昇降口に向かおうとする私に声をかけてきたのは、松下さんだった。

「悪いけど今は急いでるの」

「分かってる。綾小路くんに会いに行くんでしょ？　私も一緒に行かせて」

足を止めない私のペースに合わせるように松下さんが横に並ぶ。

「どうしてあなたが？」

「……綾小路くんの移籍、その理由を知りたいから。念のためにもう一度確認させてもらいたいんだけど、堀北さんの作戦ってことはないんだよね？」

「生憎とそんな計画は立てていないわ。龍園くんのクラスに移籍させるなら戦略として成り立つものだとしても、Cクラスに落とす意味はほとんどないもの。坂柳さんが抜けた今、あのクラスに入る意味なんてない」

「……だよね。つまり、綾小路くんが誰にも言わず移籍を決断したってことだよね」

「分からない。誰かに頼まれたのか、あるいは脅されたのか――」

大金を積まれて心が揺れ動いたということも……。

そんな妄想を幾つか浮かべ、ほぼあり得ないことだとすぐに脳が理解する。

少なくとも彼はお金で転ぶ人間ではないはずだし、彼ほどの実力者が脅されたくらいで移籍を決断する訳もない。

考えたくはない事実。

つまり、やはり、この移籍は綾小路くんが個人で考え決断したということ。

そうなのではないかという、最悪の想定が浮かぶ。

「今は……憶測で話したくないの。彼から直接聞き出すまでは。だから、あなたは待っていてくれた方が――」

「そうしたいところだけど、私も直接この耳で綾小路くんから説明を受けたい。何か、私たちを納得させるような狙いがあるんだって……語ってもらいたい」

そう、その通りだ。

私も納得のいく答えを知りたい。

彼は私に、いいえ、周囲に多くを語らない。

だから無能だと誤解を受けることもあるし、反感だって買うこともある。

だけど本当は違う。

面倒だと感じながらもクラスのことを想い、手を貸してくれる。

だからきっと、伝えていない狙いがある。

沈んでいくだけに思える元坂柳さんのクラスに、きっと異変や危険を感じ取った。

あるいは……何らかの強力な脅しを受けたことだって考えられる。

だから味方に何も告げず、１人で乗り込んでいる。

そんな――映画のヒーローのような行動。

そう願う私の願望も、もちろん含まれているけれど……。

大切なのは、そこだけじゃない。

相談して欲しかった。

移籍を決断する理由がどんなものであれ。

何も言わずにクラスを去るなんて、そんなこと……そんなこと……。

「綾小路くん……どうして……」


――そんなに、私は頼りない？


「……バカなこと……」

……そう、そうね。

自分で心の中で問いかけても、思わず苦笑いしてしまうような話だわ。

彼から見れば私は、まだまだ子供のようなもの。

隣に並べるだけの資格は有していない。

頼りにされるはずがない。

「――堀北さん、大丈夫？」

声に出さない声が松下さんに届いたのか、心配そうにこちらを見ている。

「私は……大丈夫よ」

「それよりも綾小路くんだわ」

もう、クラスの移動は正式に決まってしまった。

けれどこれが彼の意思でない可能性は、まだ十分残されている。

そうであるなら、絶対に救済しなければならない。

私だけじゃない。クラス総出で、彼のためにプライベートポイントを捻出しなければならない。

1

私は司城くんからの話を元にケヤキモールにやってきた。

適当な生徒を捕まえて聞いた話に沿って、私はカフェにまで辿り着く。

情報通りなら、ここに綾小路くんが来ているはず……。

今どんな顔をしているのか。

今どんな表情をしているのか。

そして、何を考えているのか。

私たちは焦り逸る気持ちを抑えながら、その場所へと辿り着く。

カフェの奥、その一角に綾小路くんと……それからCクラスの生徒である橋本くんと森下さん、Dクラスの一之瀬さんの姿を見つける。

「いた……ね」

「ええ……」

彼はいつもと同じように、淡々と周囲と会話をしているようにしか見えない。

「移籍したこと、何とも思ってない感じだね……」

ほんの1時間ほど前の出来事。

それを、まるで過ぎ去ったものにでもしてしまったかのような……。

「とにかく話を……まずは話をしましょう。全てはそれからよ」

この段階では何も結論付けない。

結論付けてはいけない。

私は重くなりそうな足取りに対して、グッと気持ちを殺して歩みを進めた。

綾小路くんに声をかけよう、そう判断する距離まで詰めた時、こちらに気付いていた橋本くんが急ぎ立ち上がった。

「よう堀北。今ウチはちょっと作戦会議中なんだが、何か用か？」

邪魔者がやってきた。そんな態度と対応を取られることは百も承知。

けれど今、話をしたいのは綾小路くんだけ。

「綾小路くんと話をさせて欲しいの」

「ウチのリーダー候補と話がしたいなら、まずは俺を通してもらおうか」

「……リーダー候補……。それはまた随分と急な話ね」

「急でもないさ。ずっとこの時を待っていたんだからな。そうだよな綾小路」

橋本くんが笑って、綾小路くんへと同意を求める。

そんな下らない同意、一刀両断にして欲しい。

でも私の視線はこちらを向く綾小路くんの目を直視できなかった。

次に発せられる彼の言葉を、受け止める自信がなかったから……。

「否定はしない。坂柳がいる状態じゃ、その可能性は皆無だったわけだしな」

聞きたくないそんな発言。

それを、あえて無視して私は続ける。

「どういうつもりなの。クラスを移籍するなんて」

「勝手に話を始めてもらっちゃ困るぜ」

「悪いけれど、今あなたには黙っていてもらいたいの。私はクラスのリーダーとして現状を把握しなければならない」

「なるほど、クラスのリーダーとして、ね。まあ確かに突然クラスメイトが抜けたんだ。当然っちゃ当然だが、だったら猶更確認させるわけにはいかないな。おたくらが困るってことはこっちにとっちゃ好都合だ」

ニヤッと笑った橋本くんの考えは正論。

確かに押しかけた私を追い返す方が、Cクラスにとっては良いことに違いない。

「そう睨むなよ。ところでこの重要な場面に松下が同席ってのは？」

橋本くんが奇妙な組み合わせを気にして問う。

彼は普段から油断ならない性格をしているけれど、やはり面倒なところを突いてくる。

同席者が誰でも気にしなければいいのに、気にしたフリをして掻き乱してくる。

どう答えれば納得するのか。

そう思い考えを巡らせようとしたとき、松下さんが横に並んできた。

「私はただの付き添いだね。リーダーじゃないその他のクラスメイトとして見聞きしたことを伝えるためにいるだけだよ。堀北さんは綾小路くんに入れ込んでいるみたいだけど、正直私たちにとっては大きな問題じゃないというか」

あえて憎まれ役を買うかのように、松下さんがそう答える。

ここはお言葉に甘え、私は小さく頷いた。

「なるほどね。確かに一部の生徒以外には奇妙な移籍に見えるもんなぁ。綾小路(あやのこうじ)が下のクラスに落ちる意味なんてないし、何より何で綾小路みたいな生徒を、って話だからな」

そう、私や須藤(すどう)くんのように綾小路清隆(きよたか)という生徒の実力を一部でも知っている人はまだそれほど多くないはずだもの。

ここにいる松下(まつした)さんだって例外じゃないはず――。

私たちを一度見た綾小路くんは、着座し直そうとした橋本(はしもと)くんに視線を戻した。

「今松下が言った、付き添いという話は方便だろうな」

「……方便？　にしちゃ堀北(ほりきた)も納得してる様子だったが？」

「認識の違いだ。堀北にしてみれば松下は普通のクラスメイトの1人だろう。だが実際はかなりの食わせ者なんだ。堀北と同等かそれ以上に、松下はオレの実力を買っているらしい」

そんな綾小路くんの言葉に、私は松下さんを一度見る。

彼女は平静を装ってはいたものの、僅かに動揺が見て取れた。

想像よりも深く、そして早くから綾小路くんの実力を知っていた……？

綾小路くんの口ぶりだと、そう受け取れる……。

「堀北だけにこの件を任せておけないと思ったんだろう。だから自分の目でオレのことを見て、移籍の理由、真意を確かめにきた。ＯＡＡや日常の生活を見るだけだと松下は普通の優等生の1人に見えるが、実際は堀北クラスの中でもかなり頭がキレる方だ。普段から、全力を出さず裏方に徹するタイプ。実際、この場では、堀北よりも松下の方が冷静に状況を分析できてると見た方がいい」

「やだな綾小路くん、随分私のことを買い被ってくれてるんだね」

否定しようとした松下さんに、綾小路くんは止まることなく言葉を浴びせる。

「そんなことはない。これまでも度々、オレが助けて欲しいと言った時には裏方から上手く根回しをしてくれた実績がある。前園が退学した件にしても、手を貸してもらったからな。むしろ正当な評価をしているつもりだ」

そう答える綾小路くん。再度松下さんの方を見ると、もはや動揺を隠し切れていなかった。私の知らないところで行われていたであろう綾小路くんと松下さんの協力関係。

それが他クラスの生徒の面前であっさりと暴露された。

自分が既に味方ではない、ということを印象付けるために……。

いえ、彼にとってはこんなこと暴露にすら入っていないのかも知れない。

この話を興味深そうに聞いていた一之瀬さんが、自らの手の上に顎を乗せて微笑む。

「そこまで頼れる人だなんて知らなかったな。私もまだまだ生徒たちのことをちゃんと理解できてないね。これからは松下さんにも細心の注意を払わないと」

足元がぐらぐらと揺れ動いているかのようで、平衡感覚を失いそうになる。

以前なら絶対に抱くことのなかった思考。

この場が、完全なるアウェーとなって私と松下さんに襲い掛かっている。

「移籍の理由を探る意味なんてない。オレが、堀北にも松下にも——いやクラスの誰にも今回のことを伝えなかったことが全てだ。見て分かると思うが、橋本も森下も、一之瀬もオレの移籍には驚いていない。この違いで言いたいことは分かるな？」

「それは……カフェで合流してから伝えただけなのかも……」

「ならCクラスに戻るか、そのクラスメイトを捕まえて聞いてみればいい。いつから移籍のことを知っていたのか答えてくれるはずだ」

私は発するべき声を失う。

喉を通るための言葉が、すぐに浮かんでこない。

「クラスから生徒が抜けるってのは怖いよなぁ堀北。ウチも葛城が抜けて龍園に情報が流れた部分はあったが、それでもあいつはクラスじゃ浮いてた……いや、坂柳に浮かされていたからこの手の裏話はほとんど持ってなかった。けど、綾小路はそうじゃないだろ？おまえらのクラスの中枢だったんだから、松下のことだけじゃなく、その手の話は掘ればザクザク出てきそうだ」

面白そうに話す橋本くんが、テーブルを軽くノックする。

「んじゃ堀北、そろそろ用件を聞かせてもらおうか。俺たちは話し合いに忙しいんでね」

「用件も何も……私は、だから……綾小路くんと話がしたいの。出来れば3人で」

「見ての通り、今は橋本たちと話し合いをしてる。今ここで話してくれ」

「……ここでは話し辛いことよ。もし立て込んでいるというなら、そう、夜でもいいし、明日でも明後日でも――」

「悪いが、この後はしばらく予定が詰まってる」

どんなに突っぱねられても、気丈に振舞い続けるしかない。

カフェには多数の生徒たちがおり、その中に私のクラスメイトたちもいる。

私がここで不用意に取り乱せば、Aクラスの今後の指針にも影響を与える。

「なら、ここで話させてもらうわ。……あなたの真意を聞きたくて来たの、分かるでしょ？」

「クラスを移籍した件について、理由をどうしても聞きたいと？」

「ええ。どういうつもりでそんなことを……？」

私が原因なの？

それとも、何かあなたの心を変える出来事があったの？

声にならない声。

心の叫びを、私は現実のものにならないよう必死に蓋をする。

「悪いが答える気にはなれないな。ただ1つ確かなのは、オレがAクラスからCクラスに移動したという事実が、夢や幻じゃなく本当であるということだけだ」

そう言い私を見ていた視線は外されてしまう。

話を聞くと言ったのに、実質門前払いに近い雑な対応。

「生憎とこれ以上話すことはないな」

「何も答えないでいいの？　綾小路くん、裏切り者って扱いになるよ？」

松下さんが食い下がろうと、そう言葉をかける。

「もう既に、半分以上はそうなってるんじゃないのか？」

目の前の彼は他人から自分がどんな風に見られるかなんて気にしない。

覚悟とか覚悟じゃないとか、そういう次元で物事を考えていない。

「……そう」

ここで、これ以上粘っても成果は得られそうにない。

ただただ惨めな自分を曝け出すことにしかならないことは明らか。

いいえ……最初から、そんな風になることは分かっていた。

だから、人目を気にするなら寮で会うなり時間を遅くするだけで対策は出来たはず。

そうと分かっていて、自分を抑えることが出来なかっただけ。

「行きましょう松下さん。彼は――――私の敵になったことがよく分かった。この先手心を加える必要がないほど明白にね」

彼に背を向け、私は再び歩き出す。
でも、ハッキリとした感情はここに残っていなかったと思う。
頭痛のような眩暈のような、言いようのない気持ち悪さだけが付き纏い続けた。

○始まる1年間

時系列はほんの少し前、始業式の直後にまで巻き戻る。

体育館からAクラスの教室には戻らずその足で職員室に向かったが、職員会議中だったため理事長室へと移動し通達すると、多少驚きはしたようだったがあの男から聞かされていたのか深く追及してくることはなかった。その後所持していた2000万の確認と、大金の出どころのチェックが行われる手配となり急ぎ手続きを始めてもらった。

ホームルーム寸前に知った真嶋先生が現実のものと理解するには時間がかかるだろう。困惑の色を残す担任の真嶋先生が、咳払いをしてオレへと視線を向けた。

「一応、自己紹介をしておいた方がいいと思うが、どうだ」

もちろん、初めてこの学校に来たわけじゃない。

これまでの生活、ずっとクラスは違ったが全員の顔と名前は憶えている。

そしてCクラスの生徒も全員がオレのことを認識している。

ただし、それでも形式上通すべき義理はしっかりと通さなければならない。

「始業式が終わったばかりですが、先ほど2000万プライベートポイントを利用しこのクラスに移籍してきた綾小路清隆です。自主退学した坂柳の代わりにはなれませんが、クラスメイト全員にまだ戦う意思が残されているのなら、大きく後退した状況を打開するための手伝いは出来ると確信しています」

簡潔に、しかし必要なことをしっかりと伝える。

１年生の時、自己紹介で失敗した過去を反省しての無難な言葉選び。

及第点ではあると思うが、生徒たちに意思は通じたんじゃないだろうか。

誰もが無言でこちらを見守る中、１人の生徒が沈黙を破り拍手を送ってきた。

「歓迎するぜ綾小路」

Ｃクラス移籍の最大の出資者、橋本正義(はしもとまさよし)だ。

そこを起点に、何人かがパラパラと拍手を合わせた。

ここから見て取れるのは、全員が全員ウェルカムではないという状況。

向けられる視線は温かいものばかりじゃない。

むしろ冷たく、本心では歓迎していない生徒の方が多数を占めている。

もちろん、こちらとしても最初から全員が受けて入れてくれるとは考えていない。

というよりそんなことではクラスの質として話にならないだろう。

坂柳を失った結果、判断能力を失い、信用ならない助っ人(すけと)に全てを一存する……などという腑抜(ふぬ)けた集まりのクラスだと自ら紹介することになってしまうからだ。

警戒し、疑い、そして迅速かつ積極的に結果を求めてくるくらいでなければならない。

だが生徒たちがそんなことを考えているとは思いもよらない真嶋先生は、気まずい空気を読み取ってホームルームの進行を再開する。

「さて、綾小路の席だが……そうだな……」

未だ困惑した色を隠せない様子を見せつつも、教室の中を見渡す。

現在このクラスの生徒数はオレを除き36名。

形という点だけを見れば、4席分のスペースは問題なく確保できるだろう。

人数の少ない4列のどこかということになるのがベターだが——。

あるいはこのタイミングで席替えをしてしまうという可能性も考えられるか？

真嶋先生が答えを出す前に、窓際一番後ろの席につく女子生徒がピシッと手を挙げた。

「ひとまず、私の前が良いと思います」

この場でそんな発言が飛び出すとは思わなかったのか、あるいはその生徒が発言したことが驚きだったのか、真嶋先生が隠しきれない戸惑いを見せる。

「森下の……？」

そう、発言をしたのは変わり者の森下藍だった。

「はい。その理由を述べます。まず綾小路清隆は転入生のようなもので、つまりは新しいクラスにやってきて不慣れな状態です。それでいきなりクラスの中央などに席を配置すれば、陰キャらしくすぐに縮こまってしまうことでしょう。かといって一番楽な、多くが羨む窓際の一番後ろ、つまり私のこの位置を与えるのは待遇が過ぎるというもの。また、直前まで敵だったクラスからの突然の異物なわけですからしっかりした監視の目も必要でしょう。それらを諸々加味した結果、私の前に座って頂くのが良いと考えました。この提案に異論があれば、この場で唱えるようお願いします」

そんな森下の独断と偏見の混じった発言に対し、生徒たちは反論することが無かった。

まあ、オレの席がどこになろうとも大した問題ではないだろうしな。

担任としても、他の生徒から異論のない場所を指定したのなら頭から否定することはないだろう。

残る問題があるとすれば１つだけ。

森下の前に座っている生徒が、この提案を受けるかどうかだけだが……。

「杉尾はそれで構わな――――」

現在その位置に座っている杉尾大に対し真嶋先生が確認を取ろうとすると――――。

「もちろん大丈夫です。今すぐ変えてくだ、いえ変えてもらっていいです」

食い気味に自分が席を移動することを受け入れた。

というより、移動できることが嬉しいような表情を見せる。

「そうか。なら杉尾には空いた列の後ろに回ってもらおう」

「はい！」

良い返事をした杉尾は機敏に荷物をまとめ、すぐに席を立った。

移動先の生徒が納得をしたことで、真嶋先生はすぐに新しい椅子と机を運び込む。

「じゃあ綾小路、席についてくれ。ホームルームを進める」

「分かりました」

オレは森下の提案通り、彼女の前に陣取ることになった。

席に座るなり、後ろから森下が声をかけてくる。

「よろしくお願いします綾小路清隆」

「ああ、よろしく」

まだＣクラス全体はどこか落ち着かないままだが、慣れ親しんだ堀北クラスとは違い比較すると相当静かなものだった。事前にクラス移動を伝えていたといっても、本当に実行すると思わなかった生徒も少なくないはずだが。

やはり生徒としての基本的な質は、全体的に高くまとまっているようだ。

こちらとしても今の時点で動きやすい環境にあるのは、手間が減るためありがたい限り。

ＯＡＡで全生徒の顔と名前、そして表面的な能力の把握は済んでいる。

しかし自分自身にも当てはまるように、生徒個人個人の能力というのは学校の査定だけでは見えない部分が多々あるもの。

今日から送る新たな学校生活の中で、それらを知っていくのは最優先事項の１つになるだろう。

学校生活はあと1年しか残されていない以上、悠長なことはしていられない。

だからといって時間が無いからすぐに心を開いて、などと歩み寄れるはずもない。

その中間、バランスが求められる。

「何を考えているんですか綾小路清隆」

背後から、ぼそりと森下が囁く声が聞こえてきた。

「これからのことをな」

「友達１００人つっくれるの？」

何故かいきなり、ややリズム調にそんなことを言う。

確かにクラスメイトを知るということは、ある種友達作りとも無縁ではないが。

「そういうことじゃなくてだな……」

本質としてはズレてもいるので、否定しておく。

「１００人でおにぎりを食べたいなとか、考えてないんですか」

「考えてない……。というか意味が分からない。なんだ１００人でおにぎりって」

しかもなんでリズム調な表現が続いている？

「こっちを向いてください」

指示に従い振り返ると、森下は冷めた目でオレを凝視してきた。

「綾小路清隆って存外にバカですよね」

「随分な言い草だな」

友達を100人作って一緒におにぎりを食べたいという、非現実的な発想の方がどうかしていると思うが。

「私のこのボケ、いえボケとも呼べない王道ネタを知らないなんて。正気ですか？」

「多分誰にも理解できないネタだ」

そう答えると深い深いため息をつかれる。

「バカというより無知、世間知らずと言い換えた方が的確でしょうか」

勝手に落胆しているようだったが、何に落胆されているのかさっぱり分からない。

友達100人作れるの？

100人でおにぎりを食べたいな？

ちょっとだけ冷静に思考してみたが、やっぱり意味が分からない。

「もういいです。ちゃんと前を向いて真面目に担任の話を聞くように」

振り向かせたのは森下なんだが……。

1

真嶋先生から明日以降の日程、授業に関しての説明を受け終わり学校が終わる。

３年生はこれまでの2年間と違い時間の使い方が大きく変わることになりそうだ。

人生における分岐点の１つ、進路を夏頃までには決め学校生活と並行して動き出さなければならなくなる。既に道が決まっている者や、オレのように放っておいてもレールが決定されている一部の生徒には関係のない話でもあるが。

「特に質問がなければ、これで今日のホームルームは――」

真嶋先生が締めに入った。この後、３年Ｃクラスに移籍した事実を直前まで知らせなかった余波として、堀北を始めとした３年Ａクラスの生徒たちが大挙して押し寄せてくる可能性もある。

だからといって慌てて逃げ帰るようなことはしない。

したところで、結局どこかで問い詰められるのは決まっている未来だからだ。

それでも、この場でそういった騒動が起こると予期せぬトラブルに繋がりかねない。

出来ればそうなる前に場所は変えておく方が無難だろう。

それに、この後はある生徒との待ち合わせもしていることだしな。

ホームルーム終了が告げられると同時に席を立とうとしたオレだったが、ややフライング気味に椅子を引いて立ち上がったのは橋本だった。

「っし。じゃあ早速だけどよ、ここは１つクラス総出で綾小路の歓迎会をするってのはどうだ？　ケヤキモールで派手にやってやろうぜ」

と、クラスメイトたちに対してそう提案した。

ところが、直後にクラス内はピリッとした空気に包まれる。

オレは浮かしかけた腰を、気付かれないようそっと静かに椅子へと降ろす。

教室を出ようとした真嶋先生も、足を止めて振り返り生徒たちの反応を確認する。

数秒間、誰も何も発しない静かな時間。

それを破ったのは、吉田だった。

「悪いけど俺は反対だ」

感情を極力含めず淡々と拒否を口にする。

「おいおい、何でそうなるんだよ」

出端を挫かれ、オーバーすぎるほどに肩を落とす橋本。

「綾小路が新しい仲間に相手にされず、いきなりハブられてどんな気持ちになるか考えてやれよ」

これはハブられる、ということになるのだろうか。

とりあえずどんな気持ちなのかを考えてみる。

……まあ、少なくとも良い気分はしない……か。

歓迎されていないことに対してではなく、オレの話題で教室の雰囲気が悪くなる展開は、傍観者にもなりきれず見ていてもどかしいものはある。

何ら関係を築いていない状況で歓迎会をしようと提案されるとは思ってもいなかったので、そんな発言が飛び出してしまった以上見守るしかない。

『ぜひ頼む』とも『それは拒否する』とも言えない立場だからだ。

個人的には普段通りにしてくれていれば、それがベストだったのだが……。

橋本もこっちのことを思っての行動であるため責めることは出来ない。

「別に綾小路を否定してるわけじゃない。迎え入れる覚悟が出来たからこそ、全員でプライベートポイントを出し合ってクラスの移籍に貢献したわけだしな。けど素直に歓迎できない状況なのも分かるよな？　Ｃクラスに落ちた今、この先の特別試験は１つだって落とすわけにはいかないんだ。なら、まずは俺らのクラスに有益だと、認められる助っ人だと分かるような成果を出すのが先だろ。それが叶えば、橋本に言われなくても俺らは綾小路を仲間だと認めるし歓迎する」

歓迎会を拒否した理由を述べた吉田は、そう言って席を立った。

「俺も同意見だ。まだ何もしてない、何ならスパイって可能性だって０じゃない中で、作り笑い浮かべて歓迎会なんてする気にはなれないな」

それを皮切りに町田も意見を述べ、その後続々とＣクラスの生徒たちは退室を始める。

「ったく……参ったな」

頭を掻いた後、橋本はオレの方を向いて軽く謝罪の動作を見せたが、こちらは気にしていないとジェスチャーを送っておく。

次々と退室し、あっという間に教室の中には数人の生徒が残るだけになった。

これまで敵同士だったこともあるが、このクラスの生徒と積極的に絡んでこなかったからな。ちなみに残った生徒の中には、橋本、森下、山村、それから真田の姿がある。行事で絡み、交遊関係を少し持ってきたメンバーだ。

逆を言えば、それ以外の生徒はほぼ残っていないに等しいということ。

「見事な不人気具合ですね綾小路清隆。まるで売れ残り商品のようですよ」

「素直に歓迎できないのは当然のことだろう」

「確かにそうかも知れませんが、仮に移籍してきたのが一之瀬帆波や櫛田桔梗、平田洋介のような生徒だったら同じようなことになったでしょうか？」

「それは———」

もし名前を列挙された生徒たちだったら、と想像を働かせる。

ちょっと想像してみただけでもしっかりと情景が思い浮かぶ。

「全員とはいかないまでも、よく来たねと新人を囲んで笑顔に包まれたはずです」

「……まあ……そうかも知れないな」

「そうかもではありません、そうなんです。ちょっと保険をかけるのもせこいですね」

こちらの僅かな、そうはならないかも、という未来を全力で打ち砕いてくる。

「つまり綾小路清隆が不人気であるという事実は紛れもなく真実であるということ」

厳しい責め。否定したくても否定できないことを言ってくる。

「あなたはその現実を受け止めるところから始めましょうか」

「そうした方が良さそうだな……」

なんだか、ちょっとセンチメンタルな気分になったかも知れない。

森下の指摘が耳に残り続けている中で、山村や真田も申し訳なさそうに帰っていった。

そんな生徒たちを見届けた後、橋本が近づいてきてオレの右肩を叩く。

「悪いな綾小路。人数はちょびっと減るが歓迎会はさせてくれよな」

「参加者は？」

「今のところ確定しているのは俺だけだな」

それは、ちょびっとどころではないだろうが、拒否する理由も見当たらない。

１人でも歓迎してくれるのなら、まずは歓迎されてみることにしよう。

「あ、そうだ。森下は来るだろ？　やっぱ女子がいないと華がないしな」

２人目を誘おうと、まだ残っている森下に声をかける橋本。

それを受けて森下は――――。

「はい、お断りします」

間髪を容れず断りを入れてきた。

「いやいや断るなよ。おまえだってこっち側だろ？」

「やめてください。裏切り者、不人気者たちと一緒にされたら困ります。私は放課後、冒険に出かける予定があるのでこれで失礼。ドロン」

そそくさと鞄を持って立ち上がると、そう言い小走りに教室を出て行った。

これで男女、教室に残った生徒は僅かだけ。

隣に座る女子生徒はこちらを見ていたが橋本と目が合うと席を立った。

2人きりの歓迎会になることは避けられそうにないな。

「ところで冒険って何だろうな」

「あぁ、あんなセリフ気にすんなって。森下の発言なんて言葉半分、いや5分の1くらい聞いておきゃいいんだから。真に受けるだけ無駄だからよ」

呆れつつ、オレの背中を優しく押して歩き出す。

「この湿った空気吸ってると身体に悪いぜ。まずは移動しよう、な？」

橋本に誘導されるまま、オレは教室を後にする。

2

オレは橋本と2人、Cクラスを後にして廊下へ。

他のクラスはまだ担任の先生からの話が終わっていないのか、下校一番乗りらしい。

「移籍一発目、帰りは目立たずに済みそうだな」

「それも時間の問題だ」

移籍に関して話題に出すのは在籍していた堀北クラスの生徒だけじゃない。

一之瀬クラスや龍園クラスの面々も含まれる。

時間が経つごとに注目は増え、興味本位で声をかけてくる生徒も出てくるだろう。

「面倒が嫌ならとりあえずカラオケにでも……けど男2人で密室はちょっとアレだな」

「同意見だ。それは遠慮しておこう」

橋本は本気で歓迎会を開くつもりなのか、そのまま一緒に昇降口に向かい、向けられる視線から逃れるように校舎を出る。

「しっかし、おまえの大胆さには恐れ入るというか……ウチのクラスに移籍する計画なんざ立ててるとは思いもしなかったぜ。しかもその原資に俺の金を利用しやがってさ」

「その不満は何度目だ？　相当気に入らないようだな」

移籍の話を橋本にしてからまだ日は浅いが、事あるごとにその話題を出してくる。

「そりゃ思うところはあるだろ普通。金は俺にとっての貴重な保険だったんだからな」

四方八方動き、果てには坂柳を裏切ってまで手にしていた大金だ。

その大半を吐き出すとなれば、湧き出るほど鬱憤が溜まっていても不思議はないか。

「もし移籍を決める前に戻れたら無しにしたいか？」

「それは……正直、迷わないって言えば嘘になるかもな」

「そうだろうな。自力で２０００万プライベートポイントを貯める、そんな未来もあったかも知れない」

　こちらの言葉に小さく鼻で笑って、橋本は否定することなく頷いた。

個人で貯めるのは大変な道のりだが、達成すればＡクラスでの卒業が99％確定する。

だからこそ、その夢を捨てるのには勇気と覚悟が必要だ。

「Ａクラスで卒業するためには相応のリスクを負ってもらわないとな」

「言ってくれるぜ。ここまでの2年間、俺なりに危ない橋は幾つも渡ってきたんだぜ？　坂柳と葛城の争いに参加して、龍園と葛城を無人島で組ませたり。そしてこの間は坂柳に弓引いて。語り切れない努力を積み重ねて結果を出し続けてきたわけよ」

　自分から率先してやってきたことを、他人事のように語る橋本。

　確かにそれらの行動もリスクを含んでいたことは確かだろう。

「なら前向きに考えればいい。そのリスクを背負う努力が実って、おまえは自身の所属するクラスにオレを引き込むことに成功した。それは紛れもなく成果という奴だろ」

「まあ、な」

それでも橋本が純粋に喜べない、そして楽観視できないのは仕方のないことだ。

幾ら橋本がオレを評価していると言っても、現状クラスはＣ。

どうせ移籍するのなら、橋本が堀北クラスに移籍する方が単純に勝率は高い。

あるいは龍園クラスにオレと共に移籍する。

そのどちらかであれば、まだ納得もしやすかったに違いない。

もちろん、そんな考えが透けて見えていたからこそ、オレは橋本に二択を突きつけた。

財産を吐き出しオレを受け入れるか、受け入れないか。

拒めば卒業まで協力関係が生まれることは無い。

クラスを敵に回し、更にオレと敵対に近い状態で１年戦えば、身の安全を保障するものはどこにもない。龍園も、いつ牙を剥いてくるかは分からない。

どちらの選択をした方が勝算が高くなるか、天秤にかけさせた。

「信じていいんだよな綾小路。おまえがここから先、本気でＡクラスを目指してくれるって。こっちは嫌ってほど派手に目立ってもらうつもりだからな？」

そう言って希望的観測を口にする。

それくらいの主張、権利は当然あると思っての言葉だろう。

確かに移籍のハードルをグッと下げたのは橋本の貢献によるところが大きいのは確かだ。

だが、だからといってその願いを簡単に聞き入れるわけにもいかない。

「移籍の話をしたときに言ったはずだ。選択に際して何の保証もしないと。ただ、おまえがオレを信じるか信じないかを考えて選択するしかないんだ、と」

オレがAクラスに上がるつもりがあるのか、ないのか。

前提に意志があるとしても、どうやってAクラスに上がるのか、それらの類、戦略はおろか展望すら教えることはなかった。

だからこそ、橋本は選択肢に対して即答が出来ず、今でも迷いが残っている。

坂柳に敵対した橋本。そして結果的には自主退学に荷担することになった事実。

Cクラスの生徒全員が全てを知っているわけじゃなくても、橋本を警戒し嫌っている生徒は少なからず存在する。けして居心地の良いクラスじゃない。不都合があれば、真っ先に切り捨てられてしまう立場に立たされている。

そのクラスに残ったまま、役立つ保証のないオレを招き入れるのは大きなリスク。

「そうだったな……ああ、分かっちゃいるさ」

幾つもの不安要素を抱えながらも、橋本は最終的にオレを受け入れることを決断した。

卒業目前で2000万プライベートポイントを使い確実にAクラスで卒業する、という理想ではなく、オレと組むことで自身でAとなり卒業するというもう1つの理想を取った。

いや、当人の中では理想などではなく現実のものと結論付けた。

「確かに俺は条件を聞き入れたさ。けどな、この先の考えがあるなら少しくらい教えてくれてもいいだろ。それが仲間ってもんなんだからな」

オレに突き放されるような言葉を向けられても、橋本は気丈にそう続けた。

「どうしたものか。坂柳と同じように裏切られないか心配なんだが」

「お、おい悪い冗談はよせよ。こっちは綾小路に全ベット、言葉通り無一文みたいな状態だぜ？　ここで裏切って何の得があるんだっての！」

流石に慌てたのか、前に回り込んだ橋本が身振り手振りで潔白をアピールする。

「それでも橋本のことだからな。１％か２％くらいは悪巧みをしてるんじゃないのか？」

「いやいやいや、無いっての流石に。他の奴に疑われるのはまだいいが、おまえだけは勘弁してくれよ」

もちろん本心では、橋本が裏切るかどうかなどこの先の懸念事項にはしていない。

多少の緊張感を切らさないくらいが、橋本には丁度いいだろう。

「まあ、ちょっと言いすぎたな。協力が無ければＣクラスへの移籍は簡単には実現させられなかった。ちゃんと方針、いや今後の計画について話をしておこうか」

「ったく最初から素直にそう言ってくれって」

オレは携帯を取り出し、返信が戻ってきていることをしっかりと確認する。

この後の待ち合わせに、橋本を連れて行く方がいいかも知れないな。

「今からケヤキモールに向かう」

「歓迎会を希望してってわけじゃなく、そこで教えてくれるってことだな？」

頷き肯定すると、橋本は満足げに頷き返してきた。

「ちなみに――おまえはどうするんだ？　森下」

オレは振り返り、こちらの様子を陰で窺っていたであろう森下に声をかける。

先に教室を出たはずの彼女が後方から姿を見せた。

「やりますね綾小路清隆。人気はありませんが人の気配には敏感なようです」

同じ漢字である人気（にんきとひとけ）をかけたダジャレだろうか。

これはさっきの友達１００人と違って意味を理解できた気がする。

「んだよ結局気になってたのか。冒険とやらに行くのはどうしたんだよ」

「今明かされる真実。これが冒険ですよ。突然やってきた不人気の代名詞綾小路清隆と裏切りの代名詞橋本正義。この２人に接触することを冒険と呼ばず何と呼びますか」

「だから俺は……あぁもういいや。おまえに訂正してもするだけ時間の無駄だな」

「やっと認めたようですね、自身が裏切り者だと」

「へいへい。そんな裏切り者の俺と行動をしていいのか？　さっきは歓迎会断っただろ」

「別に歓迎会に参加するわけじゃありません。Ｃクラスの行く末について、早々に話をしておくのはクラスの人間として当たり前のことですから。恐らくはこの後、一之瀬帆波に会うんでしょう？」

ニヤリと笑って森下がこの後の予定について触れてくる。

「一之瀬？　なんでここで一之瀬の名前が出てくるんだよ」

「ふふふ、やはり裏切り者は信頼されていないのか、今後の計画、その末端すら話してもらえていないようですね」

まるで挑発するかのように答えると、常に笑顔寄りだった橋本も僅かに強張った。

「まさか森下には先に話してるのか？」

一番協力している自分を差し置いて？という意思が透けて見える。

「今回の移籍に当たって、Ｃクラス全員からの同意は絶対条件だったからな。色々と爆弾を抱えてる橋本には任せられない部分だ。それにオレを買ってくれている橋本と違って疑いの強い森下に協力してもらうには、相応の情報を渡しておく必要がある」

「……そりゃ、まあ。言いたいことは分からなくもないが……森下に負けたってのが、どうにも釈然としないんだよなぁ。まあいいさ、この後聞かせてもらえるなら割り切れる」

ため息をつきつつも、橋本はこれ以上の立ち話は無駄と思ったのか率先して歩き出す。

少し遅れてオレが歩き出し、森下が横に並ぶ。

「どういうつもりだ？」

「何がですか」

「おまえには方針の説明はしてあるし、わざわざ今日立ち会う必要はなかっただろ」

隠れて跡をつけていたことからも、最初から合流を視野に入れていたと思われる。

「綾小路清隆に関してはそうかも知れません。しかし一之瀬帆波は違います。あの善人だらけのDクラスが使い物になるかどうかは、この目で見るまでは判断できませんから。少なくとも私の知るリーダーのままなら、期待薄だと思っています」

信用はおけるが信頼は出来ない。

一之瀬の強さは同時に弱さも内包していた。

森下が考えるように、分かりやすく表現するならリーダーとしては頼りない存在。

だから立ち会い、手を組むことに意味があるのかどうかを確かめようという話か。

「それなら、存分に名探偵のような鋭い観察をしてくれ。NGもない」

「言われるまでもありません」

一之瀬と事前に取り決めてある待ち合わせ場所、カフェへと3人で向かう。

3

カフェのカウンターで、各自飲み物を注文する。移籍にあたってオレの所持金は0になっていたが、5月の入金で返すことを前提に橋本から2万プライベートポイントを借り受けているため支払いは問題ない。レシートを受け取ってコーヒーを待っている間、オレはカフェに張り出されているアルバイト募集中のポスターに目を留め意味なく眺めた。

カフェだけに留まらず、あちこちの店に似たような告知がされている。

当校の生徒の場合年齢条件は満たしているが、アルバイト自体が禁止されているため働くことは出来ない。かといって教師がアルバイトをするわけにもいかないだろう。なら、こういうポスターは、すでにケヤキモール内で働く人へのアルバイト先変更を期待した呼びかけなのだろうか。

――などと意味のないことを考えている間に、時間が経ち注文した商品が出来上がった。橋本が奥の広めの席を確保してくれていたので、橋本の分の飲み物も受け取り、その席へと移動する。

それから数分ほど待っていると軽く手を振って到着をアピールする一之瀬の姿。

カウンターの店員と軽いやり取りを終えた後、手にカップを持ち近づいてきた。

「お待たせ綾小路くん。それから橋本くんと、森下さんも一緒なんだね」

丁寧に一之瀬は森下にも挨拶をする。一方で森下は、軽く頷きつつも声を発することはなく、日頃の接点も薄いことが読み取れた。

「2人がいても問題ないだろ？」

「もちろん、全く問題ないよ」

互いの短いやり取りを聞いて、橋本が苦笑いを浮かべる。

「驚いてなさそうなところを見ると……知ってたのか？　綾小路の移籍」

もし一之瀬が寝耳に水、今朝学校から移籍の件を知らされたのならば、当然その驚きが前に出て然るべき。

ところが、合流してくる一之瀬にはそんな素振りがないどころか、クラスが変わったことに対する疑問が飛び出してくる気配もない。そうなれば、橋本からそんな結論が出ても不思議はないだろう。

「少し前にね」

「森下も、一之瀬が先に知ってたことを知ってそうだな」

「知っていたことを知っている。知らない人は覚えてね？　なかなか面白い表現です」

「なんだそりゃ。意味不明なこと言って答えをはぐらかすつもりか？」

「そんなつもりはありませんよ。もちろん知っていましたよ。唯一この場で何も聞かされていなかったのは────」

つつつつ、と意地悪そうに人差し指を橋本の眼前にゆっくりと突きつけた。

それを軽く手で払いのけてからこちらを恨みがましい目で見る。

「俺だけ、ってことだな。厚い信頼関係に泣けてくるぜ」

「あくまでもこの場にいる中で、という話だ。他のクラスメイトには話してない」

「私のクラスも同じだよ。私以外は全員が驚いてたから、まず知らなかったよ」

フォローを受けても、すんなりと消化できないのが本音だろう。

「慰めてくれてありがとな。けどここからはしっかり噛ませてもらうぜ。なんで一之瀬が移籍について聞かされていたのかも含めてな」

戦略に絡んでいるから、というよりもそれ以外の部分に橋本が睨みを利かせる。

「しかし何で一之瀬なんだよ。まさか軽井沢と別れたのは一之瀬と付き合うため……で、その流れで話したなんてことはないだろうな？」

距離感の近さを肌で感じ取ったのか、単なる邪推か。

橋本は躊躇することなく、そう聞いてきた。

「中々大胆な質問をしますね。しかし、それには私も少し同調する部分があります」

両者の視線がオレと一之瀬を交互に見る。

「そんな事情だけで移籍の話をしたりはしない」

「なら、どうして移籍先でもない一之瀬が知ってるんだ？　納得のいく理由がちゃんとあるんだろうな？」

「もちろんだ。それはこれから先の1年、Ｃクラスが A クラスを目指すためには一之瀬とそのクラスの協力が必要不可欠だからだ。一之瀬の協力無くして、オレのＣクラスへの移籍は実現しなかった」

「そりゃまた大層な話だが……協力ってのは？」

「一之瀬帆波のクラスとの同盟────本気だったんですね」

先んじてそう呟いた森下に対して、オレは頷く。

「は？」

当然、いきなり同盟などと言われても橋本は口をぽかんと開けるだけ。

その先について、一歩ずつ説明をしていかなければならない。

「本気だ。実際にオレと一之瀬は完全な同盟を結んだ。それも、短期間、状況に合わせての協力じゃなく、ここから先3年生の戦いのほとんどを手を取り合って戦っていくために」

まずシンプルに伝わるよう、橋本が知りたがっている戦略の根幹を口にする。

しかし橋本がそれで腑に落ちることはない。

むしろ困惑した表情をより色濃くする。

「そんなこと成立するわけないだろ？　Aで卒業できるのはどう足掻いても1つのクラスだけ。完全な同盟なんて成立するわけがないぜ」

バカげたことを言っている、あるいは冗談だと受け取っただろうか。

それも想定の内で、こちらが慌てたり強く否定したりする必要もない。

「そうでもない。確かに無条件で同盟が組めるわけじゃないが、クラスの争いで上位と下位と綺麗に2つに割れたこと。そしてオレと一之瀬が一人勝ちを目指しているわけじゃないことは大きい。その状況に『4クラスが拮抗するまでの間』という条件さえつければ、同盟の関係性を維持することは難しくないからだ」

　こちらが落ち着いた様子で話せば、本気であるということは伝わるだろう。

「いや……待てって。無理だろそれでも。もし下位のクラス同士が手を取り合ったとしても、どんな試験が出るのかどんな組み合わせなのかは学校が決めることだ。それこそ次に一之瀬クラスとの戦いになったら、同盟もクソもないだろ。精々退学者を出さないように紳士協定を結ぶくらいが関の山だ。どっちも負けられないんだから、協力なんて――」

　勝ち負けの同盟であれば、その観点からは矛盾が生まれる。

　しかし、同盟の言葉が意味することはそれだけではないということ。

　オレが補足する前に、一之瀬が頷きつつ説明する。

「もちろん、組み合わせは操作できないことが多い。それはこれまでの２年間でも証明されていることだし、学校として当然のことだと思う」

　バランスよく各クラスと競わせ、時に指名、指定をさせる。

　それがここまでの学校生活で繰り返されてきた特別試験の法則だ。

「だから、それらを想定して私たちはもう細かい取り決めを済ませているの。この先、私と綾小路くんのクラスが１対１で戦うことになった場合のケースだと『クラスポイントが１ポイントでも下回っているクラスに勝利を譲る』という風にね。厳密にはもう少し細かい取り決めがあるんだけど、私が言いたいのは、予め勝つクラスと負けるクラスが条件によって決まっていれば揉めることはないということ」

森下は一之瀬からの説明を聞いて、ふっとため息をつく。

「本気か？　そりゃあそんな取り決めなら分かりやすいが、俺が突っ込みたいのは勝ちを譲り合うような同盟に意味はないってことだ。1ポイントでも少ない方に勝ちを譲る？　おいおい、片方はクラスポイント獲得だったりの貴重な機会を一回失うことになるってことだろ。年間でも限られた回数しかない特別試験の一部をドブに捨てるようなもんだぜ」

「まるで全部の特別試験を、橋本くんたちが優位に立ち回れる口ぶりだね」

「俺たちはここまでずっとAクラスを維持してきたんだ」

「少し前まで、はね。坂柳さんが負けて自主退学してしまった今、クラスの力は大きくダウンしたんじゃない？」

「だから綾小路を引き抜いたんだろ」

「オレが移籍した背景には一之瀬クラスとの同盟が結ばれたことがある」

「……あくまでも同盟は既定路線だってのかよ」

オレと一之瀬がほぼ同時に頷くと、橋本は大げさに首を振った。

「もし同盟を組むのが前提だとしてもだ……。第一、勝ちを譲ってもらったクラスが次に勝ちを譲る保証なんてどこにもないだろ。このまま次の特別試験でぶつかりゃ――――」

現状では僅かに上回っているCクラスが負けを受け入れることになる。

「この2年間、一之瀬が築いてきた信用力。それが同盟を成立させせる鍵になっている」

目を見開き、言葉を詰まらせる橋本。

理解を超えた話に、ついていきたくないといったところか。

「裏切ってばかりの橋本正義には、全くイメージできないんじゃないですか?」

「手厳しい表現をしてくれるな……。でも、だったらおまえは理解できるのかよ」

「何度聞いてもバカげた話だなとは思っています」

「らしいぜ綾小路。森下だって俺と同じ意見だってよ」

「同じ意見ではないですけどね」

「そこはすんなり肯定してくれよ……まあ、とにかくだ。そりゃ、俺なんかより一之瀬の方が遥かに信用できるってのは理解できるが、そういう問題じゃないだろ。やっぱり裏切られるリスクが怖えだろ」

「なら、仮定の話をする。次の特別試験で一之瀬クラスと対決することになったとして、今Dクラスである一之瀬クラスに勝利を譲ったとしよう。その後、一之瀬はオレたちを裏切って同盟の約束を破ると思うか?」

状況を想像するように伝えると、橋本は腕を組み一之瀬を見た。

そして僅かに目を逸らし、自己の中で想像を働かせる。

少しの間沈黙し、やがて真っ直ぐ見つめてくる一之瀬に向き合った。

「まあ……信用できなくはない……か……」

「半信半疑でもそう言ってくれると嬉しいな」

嬉しそうに目を細めて微笑む一之瀬を見て、橋本はテレ臭そうに視線を逸らし頬を掻く。

「男って奴は単純ですね。実にバカな生き物です」

呆れる森下の言葉を聞いて、目を覚ましたかのように橋本が反論を再開するが、既に話題への興味を失ったのか飲み物に両手をかざし、ブツブツと独り言を始めた。

「け、けどな？　それはまだ3年が始まったばかりの段階だからだろ。ここから数か月戦って場が煮詰まってきた時はどうなる。一之瀬が信用できてもクラスの連中が裏切れとそそのかしてくるぜ。それに、こっちだって似たようなことになるかも知れないんだ。土壇場になりゃ信用がどうとか言ってる場合じゃない」

「もちろん来るべき時が来れば同盟は解消されるよ。橋本くんが気にしているように、1年間ずっと同盟を結んでおくわけにもいかないからね。だけど、私たちがその時を迎える前の中途半端なタイミングで一方的に断つメリットはないんだよ。もうこれ以上後がないからこそ、ギリギリまで綾小路くんとの協力関係を保っていたいの」

裏切って得るものよりも、裏切らない方がメリットがある。

こちらが一之瀬の信用を過去から評価しているように、一之瀬は現在進行形でオレの実力を評価している。絶妙なバランス関係が出来上がっているということ。

「……随分と綾小路を買ってるんだな」

「うん。橋本くんと同じだね」

真っ直ぐ橋本を見つめ、そして迷わず即答してみせる一之瀬。

「なるほどな……。まあ、一之瀬の言いたいことは分かった。確かにそっちが裏切るメリットはないのかもな。でも、俺たち側が一之瀬を裏切らない保証なんてないだろ？　それともその辺も、例えば契約書でガチガチに固めてるのか？　そういう話だったら──」

問う橋本に対し、一之瀬は微笑みながら否定する。

「契約書なんてないよ。私たちは言葉で互いに約束を交わしただけ」

「そりゃ温すぎるぜ、幾らなんでも」

「ううん、私にはそれで十分なんだよ。綾小路くんが私を信用してくれたように、私もまた綾小路くんを信用しているからね」

迷わずそう答える一之瀬は理解から程遠い存在なのか、橋本は再び頭を抱える。

「分からないな、俺には」

「裏切りが前提の人には分からないでしょうね。ですが、私も理解できません」

ここまで終始橋本をバカにしてきた森下も、オレと一之瀬の契約には不満があるようだ。

「信用問題は一度おいておきましょう。実際のところその同盟関係は本当に大きな意味を成しますか？　全く効果がないとは言いませんが、それだけでＡクラスの卒業争いに加われると?」

とても現実的ではない、そんな論調で森下(もりした)が疑いの目を向けてきた。

「ああ、俺も同意見だ。信用以前に、この同盟が鍵になり得るってのか? 結局同盟なんて言っても、お互いにぶつかり合った時だけ譲り合うって話だろ。それだけで堀北(ほりきた)や龍園(りゅうえん)のクラスに追い付けるとは思えないんだがな」

橋本(はしもと)にしてみれば、クラスポイントを得る機会が増えるどころか減る行為に近い。

そんな風にこの同盟を見ていることは間違いないだろう。

「同盟を結ぶことは、譲り合う、敵対し合わないという効果だけじゃない。完全な味方同士になれば日常から得られる情報量も単純に倍になる。それは勉強、スポーツの試験の時は言うに及ばず、様々な場面で効力を発揮するということだ」

1人よりも2人。2人よりも3人。得意な人間が集まり不得意な人間をフォローすることも可能になり、また刺激も生まれ相乗効果が得られる。去年、一昨年(おととし)と行われた無人島試験のような全体試験でも、手を取り合えるケースは出てくるだろう。

「そしてクラスが手を結ぶということは、必要に応じてプライベートポイントを互いに都合し合うことも出来るということ。万が一多額の資金が必要になった時に融通も利く。それが特別試験の助けになることだって考えられる」

もちろん、それら全てが必要に駆られることになる保証はどこにもない。

10のうち2か3かも知れない。

だが単一クラスでは不可能なことを実現できる、という選択肢が武器となる。

「普段借りられない力を借りられた方がいいってのは分かるけどな……。つか、同盟なんて結んだ事実はすぐに明るみに出るわけだろ？　もし俺たちが同盟を結んだことで、今度は上位の２クラスが手を組んだらどうする。今言ったメリットが全部吹き飛ぶだろ」

「それは今のところ心配無い。上位２クラスこそ、譲り合いをしている場合じゃない。お互いに損得なくクラスポイントを推移させることはデメリットの方が大きいからな。それに堀北はともかくとして、龍園は信用力がない。先に勝ちを譲れと言われたり、プライベートポイントを貸せと言われて無条件で貸せる関係性にはならない。かといって堀北も譲歩する、というスタンスは取れないだろうからな」

多少なら融通を利かせられるとしても、龍園相手に多少では済まない。何より派手な立ち回りを好む龍園を引き入れることには大きなデメリットも付きまとう。

「……まあ、それはそうか。けど、だからこそ契約ってもんがあるんだろ。契約書があれば龍園と葛城が手を組んだように、強制的にルールを守らせることが出来るぜ」

「もちろん契約書を持ち出し学校も抱き込めばそれも可能だが、そうなるならこちらとしては歓迎すべき展開だ」

「同盟を結ぶことがか？」

「ああ。上位クラスが手を組めば、自然と互いの首に手をかけ絞め合うことになる。お互いに勝ちを譲り合う、などという文言で縛ってしまえば、自分たちが勝たなければならなくなった時でも負けを背負うことになるからだ」

縛りがあるが故に絶対に反故に出来ない。

「ガチガチに固めた契約は、時に致命の一撃になるわけですね」

森下が、カップを手に持ちながら独り言のように呟く。

「一方こっちには契約書のような無駄な縛りはない。裏切る裏切らないではなく、臨機応変、柔軟に戦局を見て方針を調整できる。クラスポイントに差が生まれれば、それが埋まるまで片方への援助を手厚くすることだって可能だ」

本来ならあって然るべき契約書。

それを持たないことによる、幅広い戦略の選択肢。

「寝耳に水だな。契約書が無いことが逆に有利に働く、か。そういう視点を持ったことはなかったが……最後にはこの同盟は破棄して勝負ってことになるんだよな？」

「一之瀬も言ったと思うが、そういうことだ。CクラスとDクラスが浮上して堀北や龍園のクラスと横並びになるところまで持っていければ協力関係は自然に解消される」

これはもちろん、一之瀬サイドの承諾の上。

だからこそ橋本と森下にも分かりやすく、一之瀬は頷いて応えた。

「一応多少の納得は出来た。けどな、だからこそ新しい疑問が浮かんでくる。踏み込んだことを聞かせてもらうが、どうして綾小路と協力しようってことになったんだ？　俺や森下はこれから綾小路を祭り上げていくつもりなのは確かだが、ほとんどのクラスメイトは納得してない状態だ。綾小路がリーダーとして相応しくないなんて烙印を押されたら、こんな同盟は意味を成さないし逆に足を引っ張ることにだってなるぜ。そういうリスク管理は出来てるのか？」

あえてだろう。橋本はオレにではなく一之瀬に対して質問をぶつけた。

自分の洞察力でなら、一之瀬を丸裸に出来ると踏んでの判断だろうが、そう簡単な話ではない。以前と今、明らかに変化、成長している相手にどこまで通じるか。

「Ｄクラスに落ちている私たちには後がない。それは分かるよね？」

「ああ、もちろんだ。だからこそ同盟なんて温いやり方じゃ、一歩ずつ前進するどころか半歩ずつになる。実際俺はこの同盟の提案を聞いて焦ってるくらいだからな」

「その表現を借りるなら、踏み出せるか分からない一歩より、確実な半歩。私たちは２年間歩き続けてきたけれど前に進めず後ろに後退してしまった。橋本くんたちのクラスとは状況が異なるよ。だから最初から素直に受け入れることが出来たの」

前向きな姿勢を前面に出されたことを受け、橋本は一度頷く。

「なら質問を変えるぜ。この後、綾小路がリーダーになれなかったら？　あるいはリーダーになれても、クラスが認める条件にDクラスと同盟しないことが大前提になったら？　その時は素直に関係から身を引くってことでいいのか？」

橋本が恐れているのは中途半端な協力態勢。

あるいは、一之瀬のクラスが依存し、倒れかかってくることだ。

「気を悪くしないで聞いて欲しいんだが、正直足手まといだと感じてるのさ。俺たちのクラスと一之瀬のクラス。どっちが主導権を握ってるかは明白だ。それで同盟を組むって言うのなら、まずは対等になるための見返りが欲しいと思うもんだろ？」

「見返り？　どういう見返りが欲しいのかな」

頭ごなしに拒否したりせず、一之瀬はまず橋本から提案を引き出す姿勢を見せた。

「破廉恥な男ですね。一之瀬帆波に何をさせようって言うんです？」

「勝手に中身を邪推すんなよ」

「でも、それでも良いと言ってくれたら？」

「それは……………………いや、だからそういうことじゃないっての」

「今の間が全てを物語っていましたね」

話に割り込んでくるなと、橋本が手で森下を払う仕草を強めに見せる。

「何でもあるだろ。プライベートポイントを払うとか、そういう――」

「悪いが橋本、あくまでもオレが享受したいメリットの同盟は従属ではなく対等な関係にある。下手な上下関係の確立は、むしろデメリットの方が大きい」

　意見が割れた時など、自然とＣクラスが上からの立場を利用し、従うように圧力をかける展開も予想される。それは避けておきたい部分だ。

「１つ安心して欲しいのは、もし綾小路くんが——ううん、Ｃクラスの誰か１人でも反対するのなら、それを受け入れる覚悟があるということ」

「なるほど？　その時は同盟の提案を破棄してもいいんだな？」

「うん。だけどその心配は無いと思っているの」

「そりゃまたどうして」

「綾小路くんの提案だから」

　真っ直ぐな瞳が橋本を射貫く。

「私はそこを信じているから、この話が破談になることはないと考えてる」

「……なるほど、な」

「悪いがいったんこの話はストップだ」

「どうしてです？」

　オレが分かりやすく視線をある方向へと向けると、橋本と森下もそれに合わせて視線を動かす。そこには、状況がまだ飲み込み切れていない堀北と、松下の姿が。

「っと、そりゃ来るわな。俺が対応する」

「くれぐれも同盟の件は伏せてくれ。今のあの2人に、こちら側が同盟を結ぶかも知れないという可能性を予測することは不可能だ。この段階で教えてやる必要はないからな」

「分かってるって。こんなに早い段階でバラす必要なんてないからな」

恐らく橋本の解釈とオレの思惑は一致していない。

「同盟だとバレることそのものは、正直言って今日でも明日でもいい」

「あ？　そうなのか？」

「同盟は隠し続けることに大きな意味などなく周知させることで効力を強く発揮するからだ。だが今堀北たちはオレがクラスを移籍した、という事実だけで相当なダメージを負っている。ここで更に混乱を呼ぶ同盟の話は無駄が過ぎるというもの。移籍したという事実、その傷が少しでも癒えてから知る方がいい。その方が相手は深く傷つく」

「……だな。容赦する気はないってことだな」

これはあくまで、橋本や森下、一之瀬に向けたリップサービスを含んでいる。

堀北クラスを陥れられればそれでいい他者には、畏怖と同時に安堵を覚えるだろう。

しかしオレの目的は堀北を落とすことではない。

成長へと繋げなければならない。

移籍に加え同盟などという予想だにしない脅威をぶつければ、心にかかる荷重は相当なものになる。

もちろん、堀北の心はこの後より深く傷つくことになるかも知れない。

だが、心配ない。

この2年間がある。堀北がクラスメイトたちと築いてきた関係性がある。

それが堀北を立ち直らせてくれる、という信頼を持っているのだ。

4

堀北と松下は、オレからのオブラートに包まれることのない言葉を受け、静かに引き返していった。その後一之瀬も、友人たちと合流し、オレたち３人に手を振り去っていった。

その背中を見届け、橋本は一息つく。

「2人のあの反応……相当ショックだっただろうな」

「なるほど。綾小路清隆が、わざわざ当日、しかも始業式の後を待って移籍したのは最大限Aクラスの動揺を誘うため、だったというわけですね？」

「もし前日までに移籍を済ませた場合、学校側からの通知、あるいは担任教師などによる漏洩の可能性も捨てきれない。それなら時差なく行うのがベストだ。時間にすれば誤差は1時間にも満たない。だが、始業式の前に同じ教室にいて、始業式にも出た。当たり前のように始まる、これまで通りの仲間たちとの歩み。最後の1年間を堀北たちは無意識のうちにそう感じたはずだ」

その淡い希望、期待を理想的に刈り取る。そのタイミングを計っただけ。

「そこまで計算に入れてたのかよ、容赦ないな。奪い取った側ながら、正直、あいつらの泣きそうな顔は直視し辛かった。その点綾小路は同情や迷いなんてなさそうだな」

「あるはずがない。またあってはいけない。オレがCクラスに来たのは、残された1年間で確実にAを奪い取れる位置にまで引き上げること。移籍をするにしても、最も効果的な場面で用いるのは至極当然の戦略だ」

もし未練を残すような者であれば、Cクラスの生徒が受け入れるはずがない。

そんな人間にリーダーなど任せられないからだ。

「つくづく味方になってくれて頼もしいぜ」

現状のクラスポイントの差は大きい。

強制的に退学者を出すにしても、それは頻繁、頻回に使える手段ではない。

こちらの勝率を上げるためには僅かな無駄も許されないところにいる。

「同盟には半信半疑な部分がまだ無いわけじゃないが、一応納得はしたぜ」

「私もです。しかし、問題は山積みですよ綾小路清隆。まだクラスの大半にリーダーと認められていない状況で、同盟を組もうとしたり、勝手に事を進めようとしたりしていると知られればクラス内からの反発は更に強まります」

「承知の上だ。遅かれ早かれ、オレに対して意見する生徒は出てくるからな」

不満を抱えていても、クラスの人間たちは一度は静観するしかない。

クラス総出でオレを引き抜くため、プライベートポイントを注ぎ込んだ。

俗にいうコンコルド効果だ。

簡単には、投資した費用が損失になることを受け入れることが出来ない。

だから批判を行いつつも、見合った成果が出ることに期待して必ず猶予を与える。

一見無茶にしか見えない同盟の戦略も、まずは見守る、という方向で妥協するしかないように最初からなっている。

それは誰よりもオレにプライベートポイントを注ぎ込んだ橋本が良い手本だ。

「では、まずは急ぎクラスに認められることですね」

「特別試験でも決まってくれりゃ、話は早いんだけどな」

椅子を引き立ち上がった森下は橋本を軽く一瞥する。

「それはどうでしょうか」

「どういう意味だよ」

「あなたは未知数の生徒に、特別試験の方針を無条件に託せるんですか？」

「それは――――」

「今回、綾小路清隆の引き抜きに携わってなければ、あなたは反発する生徒の筆頭候補だったと思います。違うなら1文字で完璧な反論を」

「1文字は無理だろ……」

「フ」

橋本（はしもと）からの完璧な反論が出ないのを見届け、森下（もりした）もまた席から離れていく。

「あいつと絡んでると疲れるんだよな」

「オレが森下と話すようになる前から、あんな感じだったのか？」

「変わらないぜ。ただ、誰かと積極的に関わる奴（やつ）じゃなかったのは確かだ。そういう意味じゃあいつにとってもおまえが特別な存在ってことだろ」

素直に喜んでいいのか、ちょっと複雑な気持ちを覚えた。

5

寮のロビーまで橋本と戻ってくると、こちらを見て1人の生徒が立ち上がった。

接触しようとしてくるのを察知して橋本が前に出ようとしたので、オレは必要ないとそれを止める。

「先に戻ってくれ」

「オーケー。積もる話があるってことならゆっくりとな」

特に害がある相手ではないことを橋本もよく知っているので、軽く笑ってエレベーターのボタンを押した。

その生徒は橋本がエレベーターに乗り込むのを待ってから平静な様子で口を開いた。

「良かったら、少しだけ場所を変えないかな。ここで話すと人が集まりそうだから」

「洋介が面倒でなきゃ、オレはそれで構わない。部屋にでも来るか？」

「それよりも外の方がいいかな」

希望通りにするため、洋介と共にロビーを出て寮から離れようとした。

だが、そう都合よく2人きりにはなれないものだ。

誰もが帰宅するような夕方、丁度帰ってきた堀北クラスの生徒の数人と必然か、鉢合わせしてしまう。

「平田に……綾小路」

やや面食らいつつも、そう呟いたのは須藤。

その横には池と、珍しい組み合わせと言えそうな啓誠と明人の姿もあった。

「さっき鈴音に会って、軽くだが話を聞いたぜ……。マジで作戦とかじゃなく、おまえの意思でＣクラスに移籍したんだって？」

「ああ。悪いな」

その堀北はまだ寮に戻っていないのか、あるいは一足先に戻ったのかは不明。

「どうしてなんだよ」

悲痛そうな表情を見せ、須藤がオレの前に近づこうとしたところで洋介が割り込む。

「須藤くん。ここで話を続けると、どんどん人が集まってくると思う」

「そう……だな、悪ぃ」

「話があるならちゃんと聞くつもりだ。とりあえず、もう少し場所を変えようか」

オレも洋介に合わせるようにそう答え、寮の裏手へと回ることに。

須藤だけじゃなく、他の3人も迷わず後ろを歩いてくる。

程なく寮の入口から死角となる場所まで移動したところで、我慢しきれなくなったのか須藤が再び口火を切った。

「なんでなんだよ綾小路。なんでクラスの移籍なんてしてんだよ。折角Aクラスに上がったってのに、Cクラスに降りる必要なんてないだろ？」

「はは、やっぱり軽井沢が原因だったり？」

茶化したかったわけではないだろうが、池の口からそう零れ落ちた。

「おい池……！」

「や、だってさ。それ以外に浮かばないじゃん。振られて恥ずかしいだろうし」

「そうだな。それも理由の1つかも知れないな」

「ほら！　当たあぶっ!?」

当たった！と、手を叩いて喜ぶ池に、須藤が背中を叩き怒る。

「綾小路の嘘に決まってるだろ、そんなのよ」

「ってぇ。本人が認めたのに嘘と決めつける方がどうかと俺は思うんだけど……」

痛みが走った背中に手を回しながら、池が須藤を睨みつつ眉を寄せた。

「実際、何が理由なんだよ」

ここで明人が、やや怒りを抑えたような口調で問いかけてくる。

その質問に答えるのは簡単だが、そうもいかない事情は山ほどある。

「理由か。それを答えることに意味があるとは思えないな」

「意味はあるだろ。俺たちが今どんな気持ちでいると思ってる。さっきまで波瑠加といたがずっと塞ぎ込んでた。私のせいかも知れないって何度も繰り返してたんだ。都合よく仲直りしようとしたことが清隆の重荷になったんじゃないかってな」

そう言えば学年末特別試験の前に長谷部と話す機会があったか。

確かに、移籍と絡めてあの時の発言が影響を与えたと想像しても不思議はない。

「あいつは今日の出来事の前からずっと悩んでる。清隆に助けられたこと、感謝をちゃんと伝えられてなかったって」

そんな明人の訴えに啓誠も頷く。

「僕も以前綾小路くんに心を助けられた。もし、綾小路くんが助けてくれなければ、きっとこの学校には残っていなかったと思う」

洋介も似たようなことを思っていたようだ。

誰かが傷つくことを恐れる洋介は、これまで同じクラスの3人の生徒たちの退学に心を痛めてきた。こちらの支えがなければ倒れていたことは否定できないだろう。

「だから僕は君の強さを尊敬し、クラスメイトとして頼もしく思っていた。でも満場一致特別試験や学年末特別試験を共に戦っていく中で、どうしても消化できない、いや納得できない部分を抱えていた。もちろん、僕にもっと力があれば良かったことは否定しない。でも、君に不信感を抱くことも少なからずあった」

春休みの終わり。堀北が企画した祝勝会でも、そんなニュアンスを見せていたな。

あの時から明確に下の名前で呼ばれなかったことが少し引っかかっていたが、今日もそのスタンスであることを考えると、無意識に距離を置きたいと考えていたのかも知れない。

こちらも関係性の変化で苗字と名前を意図して使い分けているように。

「ここにいる須藤くんたちだけじゃない。クラスの皆は、とても心配しているし混乱しているよ」

この場にいる全員が理由を知りたがっている。

それは、やむを得ない事情があっての移籍である、という言質を引き出したいからだ。

「心配と混乱か。まあ、そうだろうな。オレはそうなってもらうために、何も告げずにクラスを移籍した」

「……どういう意味だ？」

　一瞬脳が理解することを拒んだのか、啓誠はメガネのフレームを一度直しながら、もう一度話すように聞き返してきた。

「そのまま受け取ってくれていい。何も告げなかったのはクラスを困らせるためだ。それから知りたがっている理由だが単純だ。Ｃクラスは坂柳が抜けて困っていた。だからオレはプライベートポイントの見返りを条件に移籍して助けることを選択した」

　作為。

　そして身勝手。

　自分のためだけの移籍であることを強調し伝える。

　一部嘘を含んでいるとしても、それは紛れもない事実。

「な、なん……マジで言ってんのか……？」

　それは須藤の言葉だったが、明人や啓誠も同様の思いだっただろう。

　こちらの冷たい言葉に対し似たような反応を見せる。

　しかし洋介だけは、ほとんど動じている様子がない。

「あのさ、朝からずっと疑問なんだけど、なんでそんなことになるわけ？」

　ピリッとした空気の中、池は首を傾げながら両手を組み自身の後頭部へと持っていく。

「坂柳がいなくなってピンチなのは分かるけどさ、２０００万も大金払ってなんで引き抜く相手が綾小路なんだよ。全然意味分からなくね？　俺たちＡクラスを弱体化させるためみたいなことだと思うけど、普通に考えたらもっと幾らでも欲しい生徒いるだろ？」

これは、ある種当たり前のような疑問だろう。この場に限っても、洋介と須藤を除けばオレが引き抜かれる理由に本心から納得できてはいないはずだ。

「俺も最初にそう考えた。だからこそ、何か移籍には裏があると思って気になっていたんだ。本当のことを話す気にはならないのか？」

啓誠が池の話を肯定しつつその裏に隠されたものを知りたがっていた。

「本当のことも何も、今言ったことが全てだ。Ｃクラスが大金を用意してまで引き抜く価値があったかどうかは現段階で証明は難しい。ただ、それも時間の問題だと考えてる」

「いやいやどう見ても――」

池が突っ込もうとしたところで、須藤は池に詰め寄り肩を掴む。

「大問題なんだよ寛治」

「な、何が……？」

「綾小路の移籍だ。おまえは分かってねぇんだよ……」

「じゃあ健は分かってるってのか？」

「綾小路は――いや、俺だって全てを分かってるわけじゃねえけど……」

「何だよそれ」

「それでも、綾小路はクラスにとって重要な存在なんだよ！」

声を荒らげて怒る須藤に、洋介が近づき落ち着くように声をかける。

それからオレの方へと静かに向き直った。

「僕が今日確認したかったのは、１つは君がどういう意図でクラスを抜けたかだけ。もし、クラスのためを思っての行動だったなら、僕を含め誰にも誤解を生ませたくないと思ったからだ」

「それなら安心していい。純度１００％、完全に自分のためだけの移籍だ」

「……そうみたいだね」

表面上であり内面では違うかも知れない。そんな読みは今の平田には無いようだった。

クラスの揉め事に人一倍敏感なこの男のことだ。

オレが移籍したと知った時も、それほど大きく動揺しなかったんじゃないだろうか。

メリットとデメリット、どちらも内包しているオレという存在。それは消えたら消えたで、安定したクラス運営をしていくことに繋げることが出来る。

「そうみたいだね、ってそれでいいのかよ平田。このまま綾小路を移籍させてよ！」

「良いも悪いも綾小路くんの選択だよ。それにミスじゃない中で学校の手続きは終わっているわけだから、もし僕らのクラスに呼び戻そうとすれば同じだけのプライベートポイントが必要になる。とてもすぐに用意できる額じゃないよ」

「綾小路が抜けたことを後悔してんなら、俺は有り金全部出すぜ。なあおまえら！」

池を含め、この場にいる男子全員に意思の疎通を図ろうとする須藤だが、池は聞くまでもないとして、明人や啓誠はすぐに首を縦に振ったりはしない。

オレがここまで冷めた態度で、自ら抜けたことをアピールしている以上呼び戻せるとも思っていないだろうし、呼び戻す気にもなれないだろう。

「清隆は自分の意思でクラスを抜けたんだ。それを尊重しなきゃいけない」

「けどよ……！」

食い下がろうとする須藤から視線を外し、平田がオレを向く。

「何かクラスの皆に伝えておく必要のある言伝はあるかな」

「ないな」

「そう……。分かった、時間を取らせてごめんね」

聞き分けよく、平田は全てを受け入れその場を立ち去っていく。

内心は穏やかではないだろうが、ここで足掻いたところで事態は好転しない。

むしろクラスメイトから問題が出ないよう、立ち回る方に注力していかなければならないからな。

「鈴音はおまえを頼りにしてたんだ。明日からどんな顔して過ごすつもりだよ……」

「なあ健。俺たちも戻ろうぜ、綾小路は自分から出て行ったって分かったんだしよ」

須藤は悔しそうに下唇を嚙み、池に背中を押されるまま帰っていく。

「クラスを抜けても俺たちは友達だ。困ったことがあったらいつでも相談してくれ」

そして明人もそう言い残し、啓誠と寮へと戻っていった。

オレはそんな元クラスメイトたちを見送り、少し遅れて寮に戻ることを決めた。

○傍目八目

始業式を終えた翌日の朝、オレは寮から学校に辿り着くまでの間、元クラスメイトの誰とも会うこともなく静かな登校を果たせた。

それもそのはずで、普段出る時間よりも30分以上早い時間に登校をしたためだ。

その理由だが、注目を浴びたくないわけでも単なる気まぐれでもない。

まずオレがすべきはCクラスを詳しく把握すること。つまり内情を知るためだ。ＯＡＡの数値だけではなく直接生徒を目で見て耳で聞いて、より理解できる情報が欲しいと計画してのものだった。

そのためには座して待つのではなく、自分から積極的に動く必要がある。

朝、誰が一番早く、あるいは遅くに登校するのか。

よく喋る生徒、口数の少ない生徒、場の空気が読める者読めない者。

そういう姿を観察し知るための第一歩。

目的地である3年Cクラスの教室に到着し、ゆっくりと無人であろうその扉を開く。

ところが――――。

いきなり、出端を挫かれるようなイベントに遭遇した。

誰よりも早く教室に辿り着いたつもりが、一番乗りではなかったためだ。

視界に映ったオレの席の隣、そこに座る女子生徒がタブレットに向かっている。

扉が開く音に振り向いた彼女は、やや驚いた様子でこちらを見た。

特に大きな音を立てて開けたつもりはなかったのだが、こんなに早く次の生徒が登校してくるとは思わなかったのだろうか。

しかし、こちらを見る表情はすぐに柔らかいものに変わった。

「おはよう」

一呼吸置き、隣の席の相手、一番乗りを果たしていた白石（しらいし）にそう声をかける。

「おはようございます」

丁寧な口調で、挨拶が返ってきた。

白石飛鳥（あすか）

学力	B+	(76)
身体能力	D	(34)
機転思考力	C+	(57)
社会貢献性	C−	(44)
総合力	C	(54)

学力は平均より高いが身体能力は低め、かつ積極的にコミュニケーションを取りに行くタイプではなく、また他クラスの生徒と仲良くしているイメージはほとんどない。これがOAAと過去2年間から分かっている白石の数少ない情報だ。

そしてここからは、改めて彼女の外見とその特徴を記憶していく。

まず目を引くのは左目下にある泣きぼくろ、それに綺麗な長い金髪とヘアバンドだろう。漂う雰囲気は穏やかで、騒ぎ立てたりせず物静かな印象だ。

実際にここまでの2年間、少ない遭遇の中で白石が派手な性格だと感じたことはない。多少予定とは違ったが、これはこれで求めている収穫になるだろう。

席替えがいつ行われるのかは分からないが、恐らくすぐにということはない。であるなら、隣人から仲良くなっていくのは学校生活の王道のようなもの。2年前に、堀北との会話から始まった学校生活のように。それと同じ道を、今度は2年間の経験値を踏まえ歩んでいこう。あとはどう話を切り出すかだが……。

頭の中にある白石のデータだけでは、性格趣味嗜好は1つも分からない。なら、取っ掛かりの無い中から手探りでやっていく必要がある。その後自分の席に近づいて分かったことだが、白石は朝の教室で勉強をしていたようで、ペンを握りタブレットに向かって課題のようなものに取り組んでいた。ちょっと間をおいて声をかける。

この2年間、擦れ違うことは何度もあったが会話を試みるのは初めてだ。

「まさか先客がいるとは思わなかった。随分早いんだな」

「――――ええ、ちょっと珍しく早起きしまして。でも綾小路（あやのこうじ）くんも早いですね」

ひとまず、挨拶に続き丁寧な返答が戻ってきた。

少しだけ言葉を詰まらせたのは、オレに慣れていないためだろうか。

あるいは話したくなどないが、2人きりの状況も加味して仕方なく話に乗ったか。

まだその辺りは読み取ることが出来ない。

「クラスが変わったばかりで、こっちは転校生のようなものだからな。迎えられるよりも迎えるくらいがちょうどいいと思ったんだ」

ここはある程度本音を混ぜて、白石（しらいし）が露骨に嫌がるまで話しかけていくことに。

2人きりの教室で沈黙を続けるのも問題がありそうだしな。

「面白い偶然ですね。こんな人気のない広い教室で隣同士の2人が早起きなんて」

「かもな」

偶然。意図せぬちょっとしたおかしな重なり。

少なくとも、白石が不快に感じていることはなさそうだった。

さて、それならどう話を繋（つな）げていこうか。

いざこういう状況になると……やはり思ったより言葉が出てこない。

色々浮かんではくるのだが、本当にそれを切り出して大丈夫なのか自信が持てない。

平田洋介なら、こんな時相手を待たせることなく穏やかな空気で話を展開していくことだろう。しかも、そうしようと考えることもなく自然な流れで。

「どうして綾小路くんは、このクラスに移籍することを決断したんですか？」

こちらが逡巡していると、白石が至極当然の質問をぶつけてきた。

そして更に聞きたいことがあると言葉を続ける。

「折角Aクラスに上がったのに、自分から下位のクラスに落ちるなんて信じられません」

「普通に考えれば、そうかも知れないな」

「普通でないとしたら……どうして移籍を決めたんですか？」

そう聞いてくる白石の目は真っ直ぐで綺麗な色をしていた。

強くその真意を知りたがっている、ということだろう。

「橋本たちから説明を受けたはずだ。オレは助っ人としてこのクラスにやってきた」

「もちろんそれは分かっています。でも、それは私たちを救済するため。綾小路くんにとってどんなメリットがあるのかは誰も説明してくれていません。裏で多額のプライベートポイントを受け取ったとか、この先受け取る予定があるとか、そんな噂は耳にしますが」

聞きづらそうなことを遠慮なく白石は質問してくる。

今はまだ誰もいないこの環境が、影響しているのだろうか。

その質問に対する答えは簡単だ。

4クラスを均衡状態に持っていくこと。

そのためにはCクラスとDクラスを引き上げ、上位に追い付かせる必要がある。

外からでは不可能なことを、中から実行するため。

だが、それはまだ同盟の話を明るみに出していない状況で告げるものではない。

「ハッキリ言ってしまえば、一部の人たちを除き私たちはまだ綾小路くんがクラスにどのような影響を及ぼすのか、及ぼしたとして事態を好転させる存在なのか、懐疑的です」

「当然だろうな」

「綾小路くんが必要なのか不要なのか、その議論も始まっています」

「それは遅きに失する、だな。反対して拒否することも出来たんじゃないか？」

「手厳しい意見ですね。春休みは坂柳さん退学の件でクラスは混乱していましたから」

オレが移籍する条件の1つとして、Cクラス全員の同意を求めた。

坂柳が抜け、戦力的にも弱体化したCクラスの生徒たちは精神的にも参っていて、早急に立て直しのための策を欲していた。綾小路清隆という人間が有能かどうかは抜きにしても、Aクラスからの引き抜きが可能であることや、人数を補填する側面でも悪い提案ではなかっただろう。橋本がその多くを支払ったが、それでも個人個人の支出は安くない。

対価に見合った活躍をしてくれることを期待するのは当然のことだ。

「確かにAからCに好き好んで落ちる生徒は少ない」

「葛城くんのケースと似ているとも思いましたが、彼はこのクラスに居場所を失くしていましたからね。坂柳さんへの復讐心もあったでしょうし」

「ならオレがAクラスと確執を抱えていた可能性は考えないのか？」

求められる回答をあえてせず、逆に質問をぶつけていくことにする。

「私は、それは無いと思っています。綾小路くんはAクラスの方々に頼りにされていましたし、上手く溶け込んでいたと解釈しています」

適当に褒める言葉を並べただけのようでもあるが、本意でもありそうな微妙なライン。

いや、ここは本意と受け取り話を進めた方が良さそうだ。

「他クラスにそんな様子を見せてた覚えは無いんだがな」

「外からでも意外と見えるものですよ。それに1年、2年と学年末特別試験では重要な役割を任されていましたよね。信用と自信が両立していなければ出来ないことです」

「なるほどな。じゃあ白石としては、オレの移籍をどう受け止めているんだ？」

「今申し上げたように、私は綾小路くんを評価していますので素直に期待していますよ。それに橋本くんに森下さん。移籍に尽力された生徒たちは、私以上に綾小路くんを評価しているようですし――それに――」

「それに？」

含みを持たせた白石（しらいし）の言葉の続きは、直後に登校してきた男子生徒により中断される。

「よ、よう白石。おはよう」

「おはようございます吉田（よしだ）くん」

席は離れているが、吉田は教室に入るとすぐ白石に声をかけた。

それから隣に座っているオレをひと睨（にら）みして、鞄（かばん）を机に置くと近づいてきた。

「何だよ綾小路（あやのこうじ）、随分と朝が早いんだな」

「そうでもない。1番に顔を出すつもりだったが白石の方が先着だった」

「なら明日からは開門と同時に来るんだな。誰よりも先に登校するのも手本の1つだぜ。クラスの全員に認められるくらいになるまでは続けろよ」

「なるほど」

朝、学校に入れるようになる時間は7時15分と早い。

中々手厳しい意見だが、確かにしばらくはそうしてもいいかも知れないな。

「それは少し厳しい意見じゃないですか？」

オレが肯定しようとしていると、白石がやんわりと吉田にそう言った。

「それに、全員に認められる、というのはどの程度のことを指すんですか？」

「いや、その、そこまでは考えてなかったけど……」

思わぬ反撃に困惑し、吉田は戸惑いを隠せない様子だった。

「その気になれば吉田くんだけは認め続けない、なんて意地悪も出来ますよね？」

「ん、んなことしないって！」

「誤解であるなら、まずは前言撤回すべきではないでしょうか」

「わ、分かった。今言ったことは撤回するから忘れてくれ」

タジタジになりながら、吉田が白石に対しそう声を張った。

「良かった。吉田くんなら分かってくれると思ってました」

「ま……まあちょっと言いすぎたかなとは思ったしな」

「そうだ。吉田くんはクラスでも人気者ですし、ここは1つ、綾小路くんが他のクラスメイトと仲良くなれるようにサポートしてあげたらどうでしょう？」

「は？　え？　お、俺が綾小路の？」

「いいのか？」

「良くねえ、甘えんな！」

吉田はクラスでも人気者。そんな言葉を頭の中にメモしておくが、これが本当なのかおだてただけなのかは現状では分からない。

「そうですか？　じゃあ、僭越ながら私が立候補しても良いでしょうか。男子の方は無理でも女子の方なら繋げることが出来ると思います。近々、どこかお休み時にでも、お友達を紹介するので付き合ってもらえますか？」

早起きは三文の徳という言葉があるが、まさにその通りかも知れない。

渡りに船、白石からの提案を断る理由はどこにもなさそうだ。

「お言葉に甘えて頼もうかな」

「ちょ、ちょっと待った！　仕方ないから俺も手を貸してやるよ綾小路」

甘えるなと突き放したはずの吉田が、前のめりになりながら前言を撤回する。

「いいんですか？　吉田くん」

「まあ俺も、歓迎会を断った時に少し悪いとは思ってたしな。ちょっと前まで敵同士だったクラスに移籍するなんて相当勇気もいっただろうし。サポートは必要だよな。ってことでいつの休みにする？　俺はいつでもいいぜ」

笑顔をオレ……ではなく白石に向けて、吉田が聞く。

「そうですね。決まったらご連絡します」

「オッケー！　それまで体調崩すんじゃないぞ綾小路」

凄い熱量を向けられたので、とりあえず素直に頷いておくことに。

その後はすぐに、Cクラスの生徒たちが続々と教室に姿を見せ始め、吉田は慌ただしく自分の席に戻っていった。

「単純ですよね吉田くん」

吉田の方を軽く見ながら、そう呟いた白石。

改めてこちらに向き直る。

「彼、私のことが好きなんです」

「そう――みたいだな」

少なからず好意を向けているのは明らかだったが、それを受ける側がこうも確信を持って言うケースは珍しいな。

「だから休日に他の男子と出かけるのが我慢ならなかったんですね。もしくは、私との進展が望めると期待を抱いたのかも知れません。地球に残された人類が私と吉田くんだけの日が来たとしても、彼を選ぶことはないんですが」

自分が異性にモテることを自覚しつつ、それを喜んでいる節は全くない。

さも当然ということなのか、単純に好きではない異性に興味がないのか。

「今度、移籍してきた理由を教えてくださいね」

視線を外した直後、白石は忘れていないことをアピールするためそう微笑(ほほえ)んできた。

親切な隣人、というだけで白石の分析は終わらないのかもな。

1

クラスを移籍してから初めての休日となる土曜日。

学年が変わってもクラスが変わっても、やることは基本同じだ。

朝食を食べ終えたらジムにでも行こうかと考えつつ、携帯を手に取ると1件のメッセージが入っていることに気付く。

『良かったら、今日一緒にジムに行かない？』

ジム仲間でもある一之瀬（いちのせ）からのそんなお誘い。

メッセージを受け取った、受け取っていないに関係なく、ジムには顔を出す予定だったので承諾のメッセージを返すとすぐに既読がつく。

数回のやり取りを行い、現地で待ち合わせることを決めるとオレは身支度を始めた。

ケヤキモールの開店を待つ生徒たちがチラホラと入口に集まっていて、その輪に加わることはしないが、やや距離を置いて時間を潰そうとしていると、普段あまり絡むことのない2年Dクラスの生徒、宝泉和臣（ほうせんかずおみ）が近づいてきた。

その恵まれた体格と風貌から、近くの新一年生たちが逃げるように距離を取っていく。

去年は2年生の幕が開けてすぐに1年生との交流があった。

一方で今年はまだ新1年生と絡む機会がないため、誰一人顔と名前を知らない。

目を引くような実力者が入学していてもおかしくないが――。

そんなことを考えている間に宝泉が眼前に迫っていた。

まさに去年の春、大きく目を引いた生徒のうちの1人だ。

「よう綾小路（あやのこうじ）パイセン。最近派手に噂（うわさ）になってるぜ、転落するCクラスに自分から移籍したバカな先輩がいるって。どういうつもりなんだよ」

食い気味にそんなことを聞いてくるも、目は笑っていない。

その話題そのものに興味はあまりなさそうだ。

「さあ、どういうつもりだろうな」

あえて他人事（ひとごと）のように答えると、宝泉は少しだけ笑い更に近づいてきた。

「ハッ、まあ何でもいいんだけどな」

やはり本題はそこになく、宝泉は言葉を続ける。

「ただ俺としちゃ、最近腕が鈍（なま）って仕方ねえんだ。どこかにサンドバッグになってくれる奴（やつ）がいないか探してる。心当たりないか？」

ぐるんと大きな腕を一度回して、意味深なことを言う。

「悪いが喧嘩（けんか）に付き合うつもりはないぞ」

「んだよ、つれねえな」

「そういうのが希望なら龍園（りゅうえん）にでも頼めばいい」

素晴らしい情報を提供したつもりだったが、宝泉は大げさなため息をつき不満を表す。

「あいつはタイマンをやらねえチキン野郎だからな」

「だったら複数を相手にすればいい。刺激的だろ」

「一度ならな。だが四六時中忙しくなるのは面倒だ」

龍園に手を出せば、その場では宝泉が勝つ可能性が高い。だが改めて、いつ何時でもどんなに卑怯な手を使ってでもリベンジを仕掛けてくる。それくらいのことは宝泉にも予測が出来ているらしい。

無人島試験では直接ぶつかり合うことになったが、それ以降で学校が介入しなければならないような騒ぎにはなっていないからな。

この学校で、龍園に対して好き好んで手を出す人間は、事情を知らない1年生たちを除いてはいないだろう。ある意味では有効的な防衛手段を築けているとも言える。

「ところでCクラスには上がれそうなのか？」

物騒な話題ばかりしても仕方がないので、軽く2年生の事情を聞いてみる。

宝泉たち2年生は、どのクラスも入れ替わることなく1年を過ごした。

だがDクラスも含めどのクラスもまだまだ、十分に勝ち目のある位置にいる状況だ。

「さあな。俺は金が手に入りゃそれでいいからな。その辺は七瀬にぶん投げてる」

「七瀬に？　おまえが人に任せられるタイプだとは思わなかった。ただ良い判断だ。宝泉より、しっかりとしたリーダーが務まりそうだ」

「言うじゃねえか。つまり、何だかんだ俺とやりてぇんだろ？　だったら――――」

すぐ話の方向性を暴力に戻そうとする宝泉。

「綾小路」

　そんな血の気の多い宝泉と向かい合っていると、やや緊張を含んだ茶柱先生が姿を見せた。教師の登場に、宝泉は小さく舌打ちをすると、邪魔が入ったとばかりに歩き去っていく。

「またなパイセン。しばらくは面白そうな1年と遊んどくからよ、それが終わったら俺の喧嘩相手をしてくれ」

「そういう相手はしないけどな」

　聞こえない程度の声量で、一応返事だけしておく。

　そんな言葉を背中越しに聞かせ終わるや否や、茶柱先生がオレの腕を引いた。

「少し来てくれ」

　有無を言わせぬ圧をかけ、茶柱先生はフロアの隅の方へと誘導する。

「何ですか？」

「……おまえと話がしたかった。担任として……いや、元担任として、不用意に接触するのもどうかとは思ったが、やはり確認せずにはいられなかった」

　抱えた気持ちを吐露する茶柱先生。

　その表情には覇気がなく、今週は相当考え込んでいたことだろう。

「それで寮の前から跡をつけていたんですね」

「……気付いていたのか」

「まあ、分かりやすかったですから」

尾行のレベルは森下と同程度で、お世辞にも上手いとは言えないものだった。

「オレが朝から出かける保証もなかったのに、一体何時から待機していたんです？」

暖かくなってきたと言っても、まだまだ朝は肌寒い。

下手をすると風邪を引きかねないほどだが、本人は気にした様子がない。

「そんなことはどうでもいい。聞きたいのはクラスの移籍……移籍の話だ。何も告げずに移籍を決断するなんて、どういうことなんだ……」

「移籍話ですか。正直、今週だけで耳にタコが出来るほど同じことを聞かれましたよ。性別も学年も問わず」

ただし、教師でオレに詰め寄ってきたのは茶柱先生が初めてだ。教師という立場で見れば、生徒1人1人の進退や移籍にいちいち反応していられないだろうからな。

「一体、何がどうなっているのか説明をしてくれ」

「説明を求められても困りますね。生徒が正規の権利を行使してクラスを移籍することに問題はないはずです」

その経緯を語る義務はどこにもない。

百も承知の茶柱先生が、そんな言葉で引き下がるはずもないが。

「何か言えないような……移籍するしかない、不都合なことがあったんじゃないのか」

「と、言いますと？」

「それは……」

問い返すも、茶柱先生ははっきりと言葉に出来ず声を詰まらせる。

「1つ伝え忘れていましたが、星之宮先生をどうにかすると言った話は解決しましたので安心してください。もう暴走して先生や学校を困らせることは無いと思います」

「おまえはッ……！」

衝動に駆られ思わず口走りそうになった、そんな風な態度を見せる。

だが、結局我慢することが出来なかったのか、オレの両肩を掴み口を開いた。

「やはり私のせいなのか？　私が、チエの問題で困っていたから……。それを解決するためにおまえが自分を犠牲にしたんじゃないのか？」

「茶柱先生ならそんな風に考えるかも知れないとは思っていました。でも安心してください。星之宮先生の問題が浮上する前から、オレはクラスの移籍をするつもりでしたよ」

こちらの目を見て、真実かどうかを確かめようとする。

だが嘘で庇おうとしているという懸念を拭い去ることは出来ないだろう。

それでも、オレに迷いがないこと、後悔の念などが微塵もないことは分かるはずだ。

「気を遣っている……というわけではなさそうだな」

「はい。早い段階でCクラスかDクラスか、そのどちらかにまでは絞り込んでいました。先生に不満があったわけでもクラスに不満があったわけでもありません」

「その理由はなんだ。どうしてそんな意味のないことを……？」

「意味がないかどうかは、立ち位置によるでしょう。オレがAクラスで卒業することに執着がないことはご存じですよね？」

「ああ……」

「今回の移籍は完全に自分のためです。オレがこの学校で成すべきことをするためには、茶柱(ちゃばしら)先生のクラスにいたままでは困難だと判断したんです。ただ、その成すべきことが何であるか、それをここで聞かせることはしませんが」

ここまで話せば、本意からの移籍であるという認識を持つことは出来るだろう。

ただし行きすぎた補足はしない。

茶柱先生が、思わぬ形で堀北(ほりきた)たちにここでの話をしないとも限らないからだ。

「そろそろジムの時間なんで失礼します」

ともかく教師としては、これ以上踏み込むことは許されないだろう。

必死に表情を抑えながら、静かに頷(うなず)いた。

「……分かった。そうだな……。時間を取らせてすまなかった」

オレはその場に立ち尽くす茶柱先生から離れ、2階のジムへと向かった。

2

時刻は正午を回り、昼時を迎えたケヤキモールは生徒たちで溢れかえっていた。

綾小路とジムの前で別れた後、エスカレーターで1人1階へと降りてきた一之瀬は、この後12時30分からクラスの友人たちとご飯に行く約束をしている。

「一之瀬せ～んぱいっ」

目的地に向かう途中の一之瀬に声をかけたのは、2年Aクラスの天沢一夏だった。

両者の間に深い接点はないものの、時折雑談をする程度には親交がある間柄。

無邪気に笑いかけ近づいてきた天沢に、一之瀬は笑顔で応える。

「今日はジムに行ってたんですかぁ？」

2階、ジムの方を見上げた天沢が挨拶もそこそこに一之瀬にそう問いかけた。

「うん。軽く、1時間くらいだけどね」

「あたしも入ろうかなぁ～。最近身体が鈍っちゃって仕方なくって」

「そうなの？　もし興味があるなら一度体験か見学でもしてみない？　良かったら一緒に行こうよ」

「でもあたし結構お金遣いが荒いから、毎月の出費はちょっと痛いっていうか」

「金額を抑えられるコースもあるよ？」

「ホントですか？　あ、そう言えば綾小路先輩もジムに通ってるんですよね？」

目を輝かせて不意に出す綾小路の名前。

「そうそう、綾小路くんもジムに興味があったみたいで。誘ったら入会してくれたんだ」

「そっかー。じゃあ前向きに検討しちゃおっかなー」

一之瀬は笑顔を崩さないまま天沢の顔を見る。

「ん？　綾小路くんがいるかどうかは、入会に関係があるの？」

「それはありますよぉ。あたし、綾小路先輩のこと超大好きですから」

そう言って可愛らしい表情を見せ、両手の指でハートマークを作ってみせる天沢。

「えっ？」

後輩からの予期せぬ告白？に目を見開く一之瀬。

「あ、もちろん先輩として好きって意味で恋愛感情が～ってことではないですよ？」

「そうなんだね」

しかしあくまでも表情を崩さず天沢と笑顔で向き合い続ける。

ただ、何故急に綾小路の名前を出し、そして匂わせるような発言をしてきたのか。

今までの両者の関係では出てくることの少なかった内容だけに、引っかかりを覚えた。

一之瀬の僅かに見せた変化に対し、天沢が眼光を鋭く光らせる。

「なんていうのは嘘で～。ホントは、ラブの方の大好きだったりするんですよね」

マイルドな表現を止め、ドストレートにそう言葉にする。

「もしかして私に何か手伝って欲しい……って話だったりする？」

上級生に対する愛の告白。

その手伝いを、一之瀬にして欲しいということなら話の流れも理解できる。

そう考えた一之瀬だったが、天沢はすぐに首を振って否定した。

「流石に告白する勇気はありませんって。でもでも、最近一之瀬先輩が綾小路先輩と親しそうにしてるのを見ると、ちょっと嫉妬しちゃうところもあるな～って。もしかしてもしかする関係だったりして……？」

「私？　私は綾小路くんとはそんな関係じゃないよ」

落ち着いた物腰で否定する一之瀬だが、天沢は疑いを強める。

「ホントですかぁ？　先輩可愛いし、もしライバルならあたしじゃ敵わないかなって」

「本当だよ。だから心配しないで」

わざとらしい天沢の泣き顔にも、真面目に対応する。

「嘘……ついてないですよね？　一之瀬先輩、あたしに嘘つかないですよね？」

「もちろん嘘なんてつかないよ。でも、そういうことならジムに通うのは良いかも知れないよ。それがキッカケで綾小路くんとも距離を詰められるかも」

ここまで終始大人の対応を続けてきた一之瀬だったが、執拗に綾小路への色恋を絡めた話をしてくる天沢に、内心でこれまでのイメージとは違うものを感じていた。

明らかにこちらの諸事情を察していて、探ってきている、と。

演技を続け、うんうんと嬉しそうに頷いた天沢は、一之瀬に距離を詰めてくる。


「一之瀬先輩、ひょっとして最近調子に乗ってます?」


ここまで一之瀬に対しては比較的良い子を演じていた天沢が、そう静かに毒を吐いた。

普通の人間なら豹変した天沢に驚いたり引いたりと、強いアクションが返ってくる。

天沢自身も、善人の皮を剥ぎたくてそうちょっかいをかけたのだが、一之瀬はここでも態度を変化させることはない。

「そう見えたのならごめんね。そんなつもりは全然ないんだけど……」

予めそんな質問が飛んでくることを予見できたとは考えにくいものの、そうでなければ落ち着きすぎている。そう天沢は分析する。

「あたし、結構鋭いんですよ。直接聞くのは野暮かなって思ってましたけど、一之瀬先輩って綾小路先輩と何かありましたよね?」

「何かって?　別に何もないんだけど……随分と綾小路くんのことを気にするんだね」

「言ったじゃないですか。あたし、先輩ラブなんだって。だからこそ分かることもあるっていうか。一之瀬先輩って1人で熱くなりすぎてません？」

「熱く？」

半ば一之瀬の返答を置いてけぼりにして、天沢は1人で話を続ける。

「だって——綾小路先輩と寝ましたよね？」

嘘なんてつかないよ。そんな言質を取った直後に、天沢は用意していたとっておきの爆弾を放り込んだ。

綾小路と身体の関係があるかどうかの事実を天沢は当然知らなかったが、常に綾小路の周辺には目を光らせている。一之瀬の学年末特別試験後の落胆ぶりから、今日における立ち直り方。始業式の後にカフェで見せていた綾小路との距離感と笑顔。立ち直るためのキッカケがあったことは疑いようがなく、それに綾小路が絡んでいることも確実。そのため、少なからず人には言えない行為があったとしても不思議はない。という観点からカマをかけたのだ。

この問いかけの真実などどうでもよく、ただ一之瀬の動揺が見たかった。

「そのことと、私が1人で熱くなってることって関係があるのかな」

「へえ……？　否定しないんですか？　あたしリアルに驚いちゃいますけど」

「嘘をつかないでってお願いしてきたのは天沢さんだよ」

早い段階で一之瀬は、天沢が悪意を持って話をしていると勘づいていたが、しかし先輩として、そして勝手ながら友達として傷つけないように立ち回ることを心がけていた。

「なるほどー。ん、それは確かに」

最後まで笑顔を絶やさず、そして優しくあることは簡単だったが、発言の真意は不明でも、ここは逃げず真っ向から受けてあげるべきだと考えを改めた。

「寝たことは認めてくれるんですね？」

声には出さず、一之瀬は微笑みを向けて返答の代わりとした。

「付き合ってるのにあたしに嘘をついてたってことですか」

「私は綾小路くんと付き合ってないよ」

「えぇ？　でもそれって矛盾してますよね。まさか先輩とはそういう関係じゃないのに寝たんですか？」

「綾小路くんとは固い絆で結ばれているから。それだけの話かな」

「か、固い絆……ぷ、くすくす」

露骨に分かりやすい笑い方をして、天沢が目を細める。

「やっぱり一之瀬先輩熱くなってますね。もう少し現実を見た方がいいです」

「現実っていうと？」

「綾小路先輩は一之瀬先輩の、その魅力的な身体を堪能したわけですよね。でも、それで絆を得たって考えるのは甘いっていうか、能天気っていうか。堪能するだけ堪能したら飽きられちゃいますよ。そしたら絆と一緒に捨てられる、そんな未来が待ってると思うので熱くなりすぎないで欲しいなって。利用価値がなくなったら、軽井沢先輩のようにゴミと一緒、ポイッと捨てられちゃうかも」

　ここまで挑発するような発言をしてきた天沢の伝えたかったこと。

それは綾小路に近づきすぎれば後悔する、という意味であったことが判明する。

「天沢さんって特別に好きな食べ物はある？　普段は食べないご馳走とか」

「え？　特別に好きな食べ物？」

　突然話題が変わったかのような質問に、天沢は笑いながら答える。

「ケーキかなー」

　頭に幾つか思い描き、浮かんだものを真面目に答えた。

「そのケーキを食べたら、また食べたいと思うよね？」

「それはそうですよ」

「でも、毎日毎日、いつでも好きな時にケーキを食べられるとしたら――――うん、どんなに好きな食べ物でも飽きちゃうよね」

「もちろん飽きちゃいますねえ。多分当分は見るのも嫌になっちゃうかも」

　互いの意見は一致し、頷き合う。

「だから、食べさせすぎちゃダメなんだよ。大好きな食べ物だからこそ、それを食べるのは特別な時だけ。それまではずっと我慢させるの。目の前にあるのに、食べられないからこそ、食べたいって感情はどんどん膨らんでいく。一度、その味を知った以上……ね」

何も変わらない、後輩に向けられる優しい笑顔。

だがその笑顔の下にある、隠された本質を天沢は覗けた気がしていた。

「自分がその特別なケーキだって言いたいんだと思いますけど、それヤバイくらいの自意識過剰ですね。本当にそんな上手くいきますか？　相手は綾小路先輩ですよ？　普通の男と同じように考えているのならケーキより甘いですね」

「天沢さんは随分綾小路くんのことに詳しいんだね」

「ええ、まあ。一之瀬先輩よりは？　あの人はたくさん隠し事をするタイプですよー？」

ここで初めて、一之瀬は視線を天沢から外して周囲を見た。

それからまた天沢へと変わらぬ視線を戻した。

「私と綾小路くんとの間に、もう隠し事は存在しないよ」

綾小路を信じて疑わない、そんな真っ直ぐすぎる姿勢を見せる。

それを見た天沢は堪え切れず、今度は両手でお腹を押さえて笑った。

「あははは、面白い冗談ですね一之瀬先輩。綾小路先輩と寝られたからって、それで全てを知った気になってるなんて可愛いんだから～。好きになっちゃいそう」

「身体（からだ）の関係だけで全てを知れるわけじゃないのと一緒で、天沢さんも何か別の繋（つな）がりが綾小路くんとあるんだよね。でも、それもまた綾小路くんのことを知れた気になってるだけじゃないのかな」

「あのですね？　少なくとも、この学校ではあたしが1番綾小路先輩を理解して――」

「天沢さんが思っている以上に、綾小路くんは私に何でも話してくれたよ」

疑いの目を向ける天沢に一之瀬は間髪を容（い）れず続ける。

「そう――たとえばホワイトルームのこと、とかね」

「は？」

ここまで優位な立場から終始楽しそうに笑っていた天沢の表情が、一瞬だけ固まる。

だがすぐに硬直を解き、再び動き出す。

「冗談よしてよ一之瀬先輩。綾小路先輩が――話すわけないでしょ、部外者に」

「そうかもね」

余程の窮地でもなければ、天沢の心拍数は乱れたりしない。

だが、絶対に適当な思い付きで出ることのないワードが出れば話は違う。

「待ってよ。本当に？　綾小路先輩は本当にホワイトルームのことを一之瀬先輩に話したの？」

そんなことがあり得るはずがない。

禁句にされていなくとも、日常を求めている学校生活でホワイトルームの話を無関係な学生にすることなど100％無いと天沢は確信していたからだ。

「天沢さんとは共通の秘密を持つことになっちゃったね」

「いや、待ってよ。先輩からどこまで聞かされたの？」

本人でも気が付かないうちに、天沢からは笑みが引いていた。

そんな慌てる天沢に対しても一之瀬は大きく態度を変えたりはしない。

「それは教えられないかな。天沢さんと同等か、それ以上ってこともあるから」

「あるわけないでしょ。だってそんなの……綾小路先輩が……？」

一之瀬は内心で微笑む。

自身が知るのは2年生の無人島試験で偶然耳にした『ホワイトルーム』という聞き慣れない単語のみ。綾小路はそのことを知らないと答え、今も何一つ一之瀬には真実を話していない。ただ天沢の、他者の知らない綾小路を知っているという態度から、ホワイトルームに関係している可能性を見出した。仮に天沢がホワイトルームという単語と無関係なら、それはそれで自分の方が綾小路を知っているのだというアドバンテージを得ることが出来たため、真実はどちらでも良かった。

直訳して白い部屋。教育レベルの高い塾の名前か、愛称のようなものである可能性は想像していたが、天沢も恐らくはそこの出身であることがこのやり取りで判明した。

また1つ綾小路について知ることが出来た一之瀬は温かな気持ちに包まれる。

「そろそろ友達と待ち合わせがあるから、私行くね。あ、もしジムの件で希望があったらいつでも相談して、待ってるから」

そう伝え、一之瀬は歩き出した。

「――やば。あたしが熱くさせられてるじゃん」

少しして天沢は苦笑いを浮かべて自らの頬を力強くつねった。

一之瀬をからかうつもりで声をかけただけだったが、その逆の結果。

見事にカウンターを食らい、からかわれてしまったのだと気付く。

「ちょっと鳥肌たってるし。綾小路先輩が手をつけるだけあって、ただの巨乳先輩じゃないってことか」

歩き出してすぐに足を止める天沢。

「綾小路先輩も男の子だし、もしかしてお預けをくらって巨乳先輩の言いなりになっちゃったりして……？　なんて。流石にそれはないか」

それでも、ここまで全く評価していなかった一之瀬への考えを改める。

一之瀬を変えたのは紛れもなく綾小路。

だが変わったのは一之瀬自身の力によってなのだと。

「いいな、3年生は戦いが面白くなりそうで。さ～て、あたしも真面目にアッチの方に取り掛からないとね。大好きな綾小路先輩に、喜んでもらうために」

自分がこの学校に残された意味。

それを無駄にしないため、目的のため、天沢は再び歩き出した。

○交錯

3年生の幕が開けてから1週間。

私は朝のホームルーム前、1人席について周囲の声に耳を傾ける。

1人欠け、変わってしまった景色。

でも、その悲しい変化は何事もなかったかのように日常へと修正され始めていた。

綾小路くんとの関係性が薄かった生徒からは、早くも彼の名前が出る頻度が少なくなってきている。これが時間の流れ。悲しみも怒りも、辛いことは時間が解決してくれるという、良い見本なのだろう。

不本意ながら、私はその事実を理解させられていた。

綾小路くんがいた2年間を、最初から無かったもののように修正しようとしている。

山内くんも佐倉さんも前園さんもそう。

クラスから姿を消した生徒のことは、誰も口にしないようになっていく。

でも、私を始めとして彼の近くにいた生徒はまだ、そうはなっていない。

むしろその逆。

時間の残酷さ、無情さを痛感している。

彼がいなくなった、という実感が日増しに増大している。

松下さんからは笑顔、口数が減り、須藤くんは一昔前のようにちょっとしたことで苛立つ場面が増えた。

私は――――どんな影響を受けたのだろうか。

今は客観的に、自分を見ることすら出来ないでいる。

平然と振舞うことで、Ａクラスとしての体裁を守ることに必死になっている。

いいえ、それもどこまで効果が出ているのか分からない。

現実と非現実の境目が分からなくなりそうな、そんな不安と戦いながら、それでも机に噛り付いて勉強に向き合う日々を再開している。

ずっしりと重たく、呼吸が苦しい。心が苦しい。

大切な身体の一部を失ってしまったかのような、そんな感覚が離れない。

どうしてこんなことになってしまったのだろう。

このクラスではいけなかったのだろうか。

綾小路くんにとって、ここは居心地の良い場所ではなかったのだろうか。

分からない。

何度考えても、答えを見つけられない。

確かに私は、他クラスのリーダーと比較すればまだまだ未熟。だからこそ彼は、やれやれと思いながらも優しく、離れず、ずっと見守り傍にいてくれると思っていた。

ただ単に、そんな子守りのような役割に嫌気が差していたのだろうか。

もっと私がしっかりしていれば、彼は移籍せずに済んだのだろうか。

届かなかった私の言葉。


『全部協力してなんて言わないから、ずっと傍で私を見守っていて欲しいの――』


今にして思えば、祝勝会で発したあの想いは届かなくて良かったのかも知れない。

それは叶うことのない望みだったのだから。

それとも――。

あの想いが届いていれば、思い留まってくれたのだろうか――。

「――っ」

自然と口をついて出そうになるため息を、何とか他の誰にも聞かれないようにギリギリで堪える。

受け入れがたい現実。

ずっと地に足がついていない。

平衡感覚を失ったまま、ただ時間だけが淡々と止まることなく過ぎていく。

やがて朝のホームルームを告げるチャイムが鳴った。

教室に姿を見せた茶柱(ちゃばしら)先生は移籍の件などもう吹っ切れたのか、あるいは考えないようにしているのか、始業式の日からは想像も出来ない普通の先生に戻っている。

遠くない未来で、須藤(すどう)くんたちも同じように前を向き始めるはず。


じゃあ私は？


私も同じように慣れる日が来る？

とても想像がつかない。

私は――――私は、ここで、この場所で何をしているのだろう。

これから何をしていけばいいのだろう。

以前、まだ綾小路(あやのこうじ)くんがクラスから抜けてしまうことなど思いもよらなかった頃。

前を向いて、戦っていけると信じていたのに。

綾小路くんのいないこの場所で、これから1年も――――。

私は――――。

「聞いていたか？　堀北」

「――え？」

気付けば茶柱先生はこちらを向き、そう口にしていた。

周囲の生徒も何人かがこっちを見ている。

「これから特別試験を発表する、ボーっとしてないでちゃんと聞いておくように」

「すみません、はい。大丈夫です、聞いています」

嘘。何も聞こえていなかった。

何かを喋っている、という認識すら持っていなかった。

ちゃんと、先生の言葉に集中しないと……。

どれだけ苦しみその場で足を止めていても、周囲は待ってはくれないのよ。

今、先生が言ったのは……特別試験。

心の整理がつかないまま3年生最初の特別試験、その時がやってきてしまった。

私は一度首を左右に振り、モニターを見つめた。

特別試験概要

『全体、少数戦学力総合テスト』

概要
7教科21科目からランダムで出題される筆記試験（全100問、100点満点）
全体戦、少数戦の2つのカテゴリをクラス対クラスで競い合う

全体戦
クラス全員が参加となる筆記試験
総合点が高いクラスが勝利となり、勝利数は2勝分とする
総合点で並んだ場合は1勝ずつを分け合い、引き分け扱いとする
生徒数に差がある場合、不足数だけクラス内で最下位の生徒と等しい点数が与えられる
当日、体調不良などで欠席、途中退席した生徒の評価についても扱いは同等とする

少数戦
両クラスから代表として5名が参加となる
1番手から5番手までを決める。両クラス割り当てられた番手同士で点数を競う
点数の高い生徒が勝利する毎(ごと)に、クラスに1勝が与えられる
点数で並んだ場合は引き分けとし、両クラスともに勝利は与えられない

少数戦専用のルール
指定した生徒にペナルティを付与できる。対戦相手のクラスメイト全員が対象
ペナルティ付与は各クラス初期段階で１００個所持している
ペナルティを付与された生徒はペナルティ1個につきテストの結果から1点を差し引く
人数制限はなく、ペナルティの付与も無制限に可能（1人最大１００個まで）
（試験前日までの間、都度追加購入可。費用は1個毎に5万プライベートポイント）
付与の期間は試験の前日までで、各クラスの担任に伝えること
ペナルティの付与が誰に幾つ与えられたかは、少数戦に参加した生徒分のみ開示される
※全体戦の点数と後に反映されるＯＡＡの評価にはこのペナルティ付与の影響は無効

勝敗
全体戦2勝、少数戦5勝を奪い合い、勝利数の多いクラスの勝ちとする
勝利数が3勝3敗1分等で並んだ場合は報酬を半分ずつ分け合う

報酬
勝利クラスにクラスポイント１００（引き分け時は両クラスにクラスポイント50）

7勝の完全勝利を達成したクラスにはクラスポイントが追加で50与えられる
7敗の完全敗北となったクラスはクラスポイントがマイナス50される

読み解く限り、王道の筆記試験。

基本的に求められるのは純粋な学力ね。

ただ、付け加えられた特殊なルールの影響で、勝敗が大きく変わる可能性はある。

「今回、対戦するクラスは3年Dクラスになることが決まった。そして試験は2週間後に行われる。準備期間はそこまで長くないが、全員平等なため不平不満は控えるように」

3年Dクラス。

それはつまり、一之瀬さんが所属するクラス。

こんなことを考えるのは、けして良いことじゃない。

そう分かっていても、私は綾小路くんと戦わずに済んだことに胸を撫で下ろしていた。

本来なら、学力による争いを得意としていないクラスである龍園くんたちとの対戦が実現しなかったことを嘆くべきなのに。

綾小路くんが相手かそうでないか、という2択でしか良し悪しを判断していない。

でもそれは、きっと私だけではないはず。

少なくとも松下さんや須藤くんは安堵しているように私の目には映った。

激しい自己嫌悪を覚えながらも、表情を崩さず改めてモニターのルールを見る。

一之瀬さんのクラスは学力がバランスよく優秀な生徒が多い。

それに、40人という誰一人欠けていないクラスの人数も厄介ね。

対戦相手のクラスと人数が違えば違うほど、勝負の前から有利不利が生まれてしまっている。一応人数が不足している分だけ点数が最低保証されているようだけれど、クラス内の最下位と同じ点数では大きなハンデに変わりはない。

彼が抜けて……私たちのクラスは既に36人。

つまり最下位の生徒を強制的に5人も抱えて戦うのと同等ということ。

「これはあくまでも目安でしかないが、OAA評価による予想点数は以下の通りになる。自分のクラスがどれくらいの点数を獲得できるかの判断基準にするといいだろう」

先生がそう説明すると、モニターが切り替わった。

OAA学力
A判定　76点～85点
B判定　66点～75点
C判定　56点～65点
D判定　51点～55点

E判定　45点～50点

筆記試験の難易度は高めで、満点を取るのは実質不可能に近い。そんな印象ね。

「難しい戦いになりそうだな……」

近くの席に座る須藤くんは、険しい表情で独り言を呟いた。

そう、この戦いは私たちにとって間違いなく難しい戦いになる。

正面からぶつかれば、勝率は半分に僅かに届かないはず。

学力の底上げはそれなりに上手く行っているけれど、これまでの筆記試験の結果などを振り返ると、学力試験では一之瀬クラスに僅差で勝ったこともあるものの、人数差のハンデを考慮すれば全体戦はやや不利。試験までの2週間、勉強に励むのは向こうも同じことで、効率的に差を詰められる保証はどこにもない。

ただ……普通の試験じゃないからこそ別の勝機もある。

もしこれが、もっと単純な総合点だけを競う学力勝負だったなら、私たちはより低い確率での勝負をするしかなかっただろう。

けれど、今回は少数戦という特殊なルールが設けられている。

もし全体戦で負けたとしても、少数戦で4勝をすればひっくり返せるのは大きいわ。

互いのクラスは学力A判定に近い生徒を同じくらい抱えているため、仮に上位陣5名をぶつけ合えば、互角に渡り合うことが出来る。

もちろん不利な状況そのものが覆るわけじゃない。向こうが全体戦を制すれば、少数戦を2勝した時点で勝利を手中に収められるのに対してこちらは4勝がマストになる。全体戦が引き分けなら3勝だけれど、総合点が並ぶ確率は非常に低いため、考慮はしない方が良さそうね。

「4勝……か」

現実的かはおいておくとして、仮に一之瀬さんクラスの少数戦に参加する5名全員が学力A判定の上振れ85点を取ってきたとしても、ペナルティの付与が的確であれば勝ち目は十分にある。

各生徒5人に20ずつペナルティを振り分けるだけでも65点にまで落とせるからだ。

でも、それは必然相手にも同じことが言える。

安直に有能な生徒を出して多数のペナルティを付与されてしまえば、点数の大幅な低下は避けられず勝敗はひっくり返らない。

かといってOAAがBやCの生徒を送り出せば、点数が伸びず勝てないかも知れない。

こんな浅い想像は4クラスの全員が聞いて通る道。

そして行きつくであろう先は……ペナルティ付与の追加購入だ。

勝率を上げるため、ペナルティ付与の権利を買い漁(あさ)るという分かりやすい戦略。

単純にして唯一、絶対的に対戦相手との差を縮められる。

でも問題なのは価格……。

たった1点を奪うために5万プライベートポイントを必要とすることだけがネック。

もちろん、されど1点であることは分かっている。

けれど……。

お金をかけたらかけただけ、絶対に一定の恩恵を受けられるわけじゃないことには注意しなければならない。特定の生徒が出てくると予想し、沢山のペナルティ付与を与えた結果、その生徒が少数戦には出てきませんでした、なんてことになれば目も当てられない。

何より数十万、数百万とプライベートポイントを注ぎ込み特別試験に負けた時のダメージは……考えたくもないわ。

「……っ……」

私は手と手を重ね合わせ、目を閉じる。

今回の特別試験は、勉強に励むことは当たり前として、誰を少数戦に送り込むか、そして送り込まれる相手にペナルティの付与を与えられるかどうかにかかっている。

どう考えてもそれ以外の戦略は実行できない。

でも、このまま手を講じず安直なやり方で、勝利を掴めるとも思えない。

分からない……。

あなたがいてくれたら……。
あなたがいたなら、きっと確実に勝つための方法を浮かべているはず。
目を閉じる。
脳裏に浮かぶ彼の背中に、私はまた呼吸が苦しくなる。
「鈴音」
真正面から一之瀬さんのクラスにぶつかっていいの？
それで、勝てる……？
学力は互角に近いのだから、そのまま行くべき？
相手がペナルティを買うかどうか、探りを入れることは可能？
それとも龍園くんのような卑怯な手を使ってでも、何とかすべきなの？
相手は……誰を出してくるの……？
一之瀬さんは、やっぱり少数戦には出てこない？
それとも裏をかいて堂々と参加してくる？
疑問と共に、頭の片隅に浮かぶ綾小路くんの姿がどうしても離れない。
彼ならどう戦うのか。
どんな風にこの特別試験を見るのか。
もう、問いかけることすら許されない。

付与する？

「鈴音」

リスクを下げるためにペナルティをいくつか買っておいて、マークすべき上位者全員に付与する？

背に腹は代えられないと、痛みを伴う必要が……。

「鈴音っ」

「っ……!?」

肩に何かが触れる感触に、私は驚きその方向を見る。

須藤くんの大きな手だった。

「大丈夫かよ」

「……問題ないわ。ちょっと試験の戦い方を考えていただけ」

「それもあるんだろうけどよ。……まだ、やっぱ綾小路のことを気にしてんだろ？」

「それは———」

「気にすんなってのが無理な話なんだ。けどさ、1人で抱え込まないでくれよ」

「ええ、そうするわ」

私はこれ以上情けない姿を、須藤くんに見せられないと思った。

だからこの場で、こういう場ではせめて気丈に振舞わなければならない。

それが出来ていると思っていたけれど、まだ足りなかったみたい。

「ペナルティの付与をどう使うか、僕らにとっては重要な選択になるけど……。高得点を取ってきそうな生徒に集中させて空振りをした時が怖いね」

いつの間にか、平田くんが率先してクラスメイトたちと話し合いを始めていた。

これ以前にどんな話を、どれくらいしていたのかさっぱり分からない。

「さっき始まったばっかだぜ」

「……ありがとう」

私が上の空だったことを、須藤くんはよく分かっていた。

これ以上心配をかけないためにも、しっかりしなくてはいけないわね。

平田くんの発言を受けて幸村くんが座ったまま挙手をする。

「OAAだけで少数戦を見ない方が俺はいいと思う。というのも、あれはあくまでも全教科の平均を評価に表しただけだからな。1教科が極端に苦手でも残りの教科が得意な生徒なら高得点を取れる可能性は十分ある。そして、誰が何をどれくらい得意なのか、自分たちのクラスでも分からない部分が多いだろ？　過去全ての試験で詳細な結果が明らかになっているわけでもないからな」

クラスの人間しか把握していない詳細な情報を活かすべきだと提言した。

試験まで2週間。

私は、勝つための方法を導き出すことが出来るのだろうか……。

1

特別試験の内容が発表されたその日も、オレはいつもと変わらない放課後を迎える。

そんな中、真嶋先生がホームルームを終わらせ教室を出ると橋本が席を立った。

「よっし。じゃあ今回の特別試験、綾小路に一存するってことでいいよな？」

許可を、というよりも承諾を前提とした口ぶりでそう全員に問いかけた。

イエスともノーとも返ってこず、一瞬教室が静まり返る。

だが程なくして、島崎が不満を抑えることもなく橋本を睨みつけた。

「どうしてそうなるんだよ」

「どうして？　それこそどうしてだよ。そりゃこの特別試験、移籍してきた綾小路が実力を示す良い機会だからさ。ここで任せなきゃどこで任せるんだって話よ。何のために引き抜いたんだか分からなくなるだろ」

歓迎をしていなくとも、それは当たり前と思っていただけに橋本が強く反論する。

「で、それで負けたら？」

「負けたら？　って、バカ言うな負けるわけないだろ。なあ綾小路」

ズバッと言ってやれ。そんな橋本からの期待と圧の込められた表情。

「勝ち負けの保証は出来ないが、任せてもらえるのなら全力で挑むつもりだ」

始業式の自信を含めた挨拶から一転、わざと保険を含んだ物言いをするとクラスメイトたちからは一様に冷めた目を向けられた。

勝負がどう転ぶかは分からないと聞けば、当たり前だが耳を疑うもの。

「は……だってよ橋本」

こんな時、坂柳(さかやなぎ)なら早々に『勝つ』と断言していてもおかしくないだろうからな。

そのギャップに困惑し落胆する者もいるだろう。

「おいおい、もっと確実に言い切ってやれよ。心配になるだろ他の連中が。なんか俺まで心配になりそうだぜ」

頭を掻(か)きながら、橋本が一度明後日(あさって)の方向を向いてため息をつく。

「つか島崎さ。綾小路に任せないならどうするつもりだよ」

「どうもこうもない。普通に戦って普通に勝つだけだ」

「普通って、なら誰が作戦を考えるんだよ」

「全員で話し合えばいい。もちろん綾小路がそこに交ざることに反対はしないさ」

「つまりリーダーって存在が要らないって言いたいのか？」

「そうじゃない。もちろんリーダーは必要だ。揉(も)めた時に舵(かじ)を取ってもらわなきゃならないからな。ただ、今回の特別試験で任せる気にはなれないってことだ。ハッキリ言うが、今回の特別試験は聞く限り勝って当然の試験だと思ってる。こっちは2年間筆記試験じゃ常に先頭を走り続けてきてるし、相手はずっと最下位のクラスだ。違うか？」

少しだけ唸った橋本だが、すぐに反論する。

「単純な筆記試験ならな。けどこれは特別試験だ、考えなしに挑んで勝てるか？」

「考えないとは言ってない。必要ならクラス全員で話し合おうと言ってるんだ」

「人数が多けりゃ多いほど情報も漏れやすいぜ」

「漏らすようなバカはいない。おまえはどうか知らないけどな」

「言ってくれるじゃないの」

橋本と島崎の口論、そのやり取りを見ていた真田が間を読んで立ち上がる。

「綾小路くんに少し質問をしてもいいかな？」

「もちろんだ」

「今回の特別試験を見る限り、重要なポイントはペナルティの付与先にあると思う。綾小路くんに任せれば相手が誰を少数戦に出してくるか、そしてこちらの誰を選出すれば狙われずに済むのか、それを予測して成果を出してくれる……そう思ってもいいのかな。もしそうだと言ってくれるのなら、僕は綾小路くんに託してみてもいいと考えてるんだ」

橋本を助けつつ、疑いを向けているクラスメイトたちがオレに主導権を譲るようにフォローを入れてきた。真田が穏やかな物腰で島崎を見る。

「……なるほどな。勝敗で綾小路の評価を見るんじゃなく、その過程で綾小路の実力を測るってことか」

「うん。僕もこの特別試験は、勝てる確率が高いと感じているからね。だけど、そんな勝負がひっくり返るとしたらまさに少数戦のペナルティ次第だ。ここは全員で話し合ったからといって最適解が導き出せる保証もない。綾小路くんだけに託すのもリスクなのは間違いないけど、橋本くんが言ったようにどこかで必ず任せなきゃならない時は来る。それなら今回の試験は早く、そして確実に判断できるチャンスと考えてもいいんじゃないかな」

どちらの意見も取り入れた、まさに折衷案と呼べそうなものだった。

「確かに……悪くないアイデアだ。綾小路、任せていいんだろうな？」

「任せてもらえるのなら、出来る限り頑張るつもりだ」

オレはそう答えるに留まったが島崎はすぐに声を張った。

「よし。なら勝つのは大前提で、そこが合ってるかどうかを重視させてもらうぜ？」

「オッケーオッケー。ならそれで行こうぜ」

言質を取った橋本は満足そうに頷き、手と手を合わせ高い音を鳴らす。

機会さえ与えてもらえれば、どうとでもなると考えてのことだろう。

「決まりだな。じゃ、後はこっちで打ち合わせとくからさ。大船に乗った気でいてくれ」

「どうだか。まあ、とりあえずは誰に付与するか精々頭を悩ませてもらおうか」

　万が一ここでの話し合いが長引き、思いがけず発言の撤回などに至るリスクを考え、橋本は解散を促した。

「ってことで綾小路はこの後、たっぷり時間を取ってくれよな」

　放課後、どうやらすぐには帰してもらえないらしい。

「橋本正義は移籍の話で仲間に入れてもらえなかったことを余程気にしていると見えます」

　自分のいないところで話を進めさせない、そんな意思は確かに固そうだ。

「いいんですか？　裏切る可能性のある者を戦略の内側に入れてしまって」

　オレの真後ろから囁き声を送ってくる森下。

「随分と橋本への信頼が薄いんだな」

「厚いはずがありませんよね」

　互いに席が前後のため、こういう細かな話をする時には楽でいい。

　橋本が近づいてくるのを察した森下はここで会話を中断させる。

「行こうぜ綾小路。森下はどうする？」

「ひとまずはお付き合いしてあげましょうか。お手並みを拝見したいところですし」

「寮でもカラオケでも、校舎の裏でも付き合うぜ」

　作戦を打ち合わせる場所は、通常人目につかないところを選ぶのが定石だ。

　だがオレは、あえていつも通りカフェでの打ち合わせを提案した。

2

寄り道することなく、カフェへと到着する。

「ちょっと待っててください。何を飲むかじっくり1時間かけて悩みますから」

「1時間もかけんなかけんな」

突っ込む橋本に、森下はニヤリと笑った。

「冗談ですよ、まあ少しだけ待っててください。胃に何を欲してるか問いかけますから」

問いかける先は胃で合っているのだろうか？

この場合は脳に問いかける、とした方がまだ正しい気がするが……まあいい。

後ろから、オレたちと同じようにカフェを目指していたと思われる1年生の男女が列に並ぼうとしたが、森下の迷っている様子を見てか、並ばずに少し離れたところでメニューを見始めた。

「後ろがつっかえる前に決めてくれよ」

「分かっています。今日は抹茶ラテを頂くことにしましょうか」

「んじゃ、俺がまとめて注文しておくから奥の空いてる席を頼む」

放課後すぐにカフェに来たため、まだ9割以上の空席。

ほぼどこの席でも選べそうなので、前回と同じ場所にしておこうか。橋本が３人分の飲み物が出来るのをカウンターで待っている間、オレと森下は先に席につく。

「山村美紀は呼ばなくていいんですか？　自虐していましたよ、私は結局二酸化炭素よりも軽い酸素なんだって。好き放題に吸って吐いてお終いですかって」

「そんなエッジの効いた自虐を山村はしないだろ」

どう考えても目の前の変人森下だけが言いそうな発言でしかない。

「まあその発言は確かに私のオリジナルですが、気にしているのは間違いないです」

「山村には一声かけてある。しばらくオレからは距離を取った方がいいと」

移籍したオレには、連日多くの生徒が声をかけてきたり、視線を向けてきたりと目立つことはしばらく避けられない。根も葉もない噂から真実まで、あちこちで飛び交っているからな。

「いくら存在感の薄い山村美紀でも、それは確かに問題かも知れません。彼女の利用価値をわざわざ下げる必要はないという判断ですね」

「利用価値か。まあ、そういう見方も無いわけじゃないが、これは友人としての配慮だ」

「ほう？　言いますね」

オレが呼べば山村は恐らく頑張って応えてくれる。

が、目立つことで過度なストレスを与えてしまっては心を傷つけるだけ。

「では山村美紀が目立ちたいと言えば目立っても構わないってことですね？」

「もちろんだ。自分のペースで存在感を自由に示していけばいい」

「優しい――いや、余裕という奴ですか」

坂柳との距離を縮め、考えが変わり始めている山村を無理やり道具として扱おうとすれば急速に心を閉ざす可能性がある。そうなれば目や耳として正常に機能しなくなるだろう。酷使して壊すのは愚策というものだ。

つかず離れずで初期から安定した運用をしていた坂柳とは違い、オレは今後1年間で、より便利に扱える存在に育てあげるため、心の育成をすることから始めたい。

森下が山村をどう見ているかは現状不明なので、この手の話はしない方が無難だ。

「おまえこそ、山村とは仲良くしていかないのか？」

Cクラスに移籍してから、森下と山村が絡んでいる姿は一度も見ていない。

少なからず山村は森下へと視線を送ったり、そわそわしたりしているところがあったため、接触をしたくないわけではなさそうだった。

「私とは深く関わらない方がいいんです。罪深き因果に巻き込んでしまいますからね。彼女のような貧弱な存在では、恐らくは朽ち果ててしまうのがサダメ……」

「全然言っている意味が分からないんだが？　というかオレなら巻き込んでいいのか？」

「綾小路清隆はいいんです。打たれ強そうですし」

多分間違った認識ではないのだが、どうしてもちょっと不本意でもある。

「お二人さん、俺が戻るまでに勝手に話し合いを始めてないだろうな？」

少し早歩きで、カップを3つ真ん中に抱えるようにして戻ってきた橋本。

「安心してください。もう話し合いは終わりましたから」

「そりゃよかった。じゃあ1から始めてもらおうか。まずは改めて試験の概要確認だな」

流石に嘘だと分かったようで、席につくなりすぐ話し合いを始める準備にかかった。

携帯を取り出し、特別試験のルールなどを表示させる。

「私は黙って聞いてますので、勝手に始めてください」

そう言い、聞き手に回ることを宣言した森下が抹茶ラテのカップにストローを挿した。

「じゃあ、まず俺から思ったことを言うぜ。正直、3年の序盤から1対1の方式を採用した特別試験ってのには驚いた。学年末にやり合ったばかりだしな」

発表を受けて思った感想を率直に話す橋本。

慣れない新しいクラスでの生活、こういうスタートは悪くない。

「そうだな。しかも上位クラスと下位クラスが綺麗に分かれている。学年の状況を加味した上での判断とも考えられそうだ」

上と下の差を詰めるには絶好の機会だが、逆に大きく開くリスクも当然抱えている。

「俺としちゃ初手から不確定な同盟発動――なんてことにならなくて良かったぜ。クラスからの反発は必至、しかも実現したらいきなり負けを覚悟しなきゃならなかったわけだしな。想像するだけでもおっかない」

気持ちは分からないでもないが、放っておいても、いずれこのクラスと一之瀬クラスが戦う時は来る。

オレとしては逆の意見で、初手でぶつかってくれた方が良かった。総合学力で勝っていて、かつオレが移籍したばかり。その中で一之瀬にあえて負ける、という展開で異常さをアピールしておく方が堀北と龍園に対してインパクトを残せた分、僅かだが損をしたと感じているくらいだ。

ただ負けるのではなく、負けることにも意味を持たせれば、それには価値がある。

そうすることで、生きる敗戦へと繋げることが出来る。

話を始めて間もなく、少しずつ客足が増え始めるカフェ。先ほどの1年生の男女も注文を終えたのか、アイスコーヒーを片手にオレたちの席の横を選び座った。

「私は試験の概要などどうでもいいです」

黙っていることにすぐ限界が来たのか、森下がストローを噛みながら不満を垂れる。

何度もガジガジと噛んでいたため先端が潰れてしまっていた。

「おいおい、だったら何でここについてきたんだよ」

「さっきの橋本暴走正義が思い切った発言をして、綾小路清隆が困っているんじゃないかと気になりまして。許可も取らず勝手にクラス全員の前で啖呵を切ってみせたわけですが、本当に大丈夫なんですか？　相手側に効率的にペナルティを付与、一方で味方への付与は綺麗に避ける、というのは理想の戦術ですが容易なことではありませんよ。相手だって同じことを考え知恵を絞り出すんですから」

　学力の高い生徒は高得点を取れるが、ペナルティの付与の対象になりやすい。その逆に学力の低い生徒ならペナルティ付与の対象にはなり辛いが、高得点は期待できない。

「心配するなって森下、何とかなるだろ。島崎も言ってたが、少なくともこっちには学力の高さって大きなアドバンテージがある。つまり多少のペナルティ付与なら食らってもまだ全然優位だ。実際のところ読みが多少外れるのは仕方ない。ちゃんと試験に勝てばひとまず次も綾小路にリーダーを任せようって流れになるさ」

　１００％の的中と回避を実現することは実際に不可能だ。

　表と見るか裏と見るかの読み合いには、絶対な答えは存在しない。

　どこまで突き詰めても99％と1％で留まってしまう。

　無論内部からのリークなど、思いがけない副産物があれば話も変わってくるが、入学したばかりならいざ知らず、3年生の今そんな甘い展開はまず訪れない。

「全外しでもしなければ勝利がもたらすものは確かに大きいでしょう。頭から否定する理由がなくなるので、次を任せてもらえる可能性は残ると思います。が、それでも少数戦に

「誰一人当てられなければ、島崎たちを始めとした懐疑心を持つ生徒の心は動かない。参加する相手側の生徒を……そう、理想として3人は当てないと示しは付かないでしょう」

「ま、的確に相手の思考を読み切った、という絶対な証明になるから無視は出来ないか」

少数戦に参加する生徒は5人だけ。初期に与えられたペナルティ付与は100であるため、大きく効果の見込める20点減点を付与できる人数は5人になる。対戦クラス40人の中から相手が指名する3人を無作為で当てられる確率は1%にも満たない。

だからこそ読み、という部分が評価され重要になってくる。

「しかし3人はきつそうだな。俺は2人でも十分だと思うぜ」

多少の的中を見せるだけでも反応は違って見える、というのが橋本(はしもと)の予想だ。

気楽に2人でもと言うが、5人にペナルティ付与をした場合、確率はそれでも10%弱。けして高いとは言えないだろう。

「あなたは任せるだけですから気楽ですよね。聞きたいのは綾小路清隆(きよたか)の考えです。手掛かりもない状況で、どうやって相手が指名する生徒を予測するんですか？」

「まだ話す段階にない。ここで軽々しい発言をして鵜呑(うの)みにされても困るしな」

「おやおや、早くも守りに入りましたね。これは先が思いやられますよ」

「否定はしない。ただ、現状で何か他に思うことがあるなら聞かせてくれ」

話を自動的に進行してくれる橋本に、そう頼むと快く頷(うなず)く。

自分が喋ることで良いアイデアを浮かぶことを期待しているんだろう。

「なら、とりあえず2人的中させる、って前提で話を進めるぜ？　俺としちゃここはターゲットは手広く、10人に10点ずつペナルティを割り振るのがいいと思うんだ。少数戦に参加する5人だけに絞り込んで外したら痛いからな。それに10点のアドバンテージがあれば、俺たちのクラスなら十分に勝機がある。向こうのクラスで怖い奴なんて片手で足りるからな」

B＋以上の学力を持った金田やひより、葛城を始めとした優秀な生徒たちは、残念なことに橋本の言う通り6人に届かない。

「自信が無いなら最低でもそうすべきですね」

「森下も賛成ってことだな」

「まあ、基本中の基本ですよね」

「それから攻めだけじゃなくて守りも考えないとな。こっちが誰を送り込むかって話だが、おまえクラスの学力の序列は把握できてるか？」

「OAAとここまでの2年間で大体は分かってるつもりだ」

「オッケー。けど、後で一応俺の2年間の主観も伝えとくから参考にしてくれ」

「それは純粋に助かる。細かな得意不得意は分かってないからな」

今回の特別試験での役に立つかは不透明だが、後々時間の短縮には繋がるだろう。

「クラスから誰を出すかということに関してですが、私としては多少変則を入れつつもベースは学力の高い生徒を選出してぶつけるべきと考えます」

「ほう？　森下としちゃある程度ペナルティの付与を受けるのは覚悟ってことか」

「ステディぶって学力の低い生徒を選んだり、中間付近の生徒をチョイス、結果その読みを見透かされた時には受けるダメージが大きいですからね。逆に高い学力の生徒は送り込まれないだろうと考えて、読みから外してくれれば儲けものです」

橋本は肘をついて納得はしつつも、思うところは違うらしい。

「俺は低めの生徒を多めに配分するべきだと思うけどな。高い学力の奴をマークするのは絶対だろ。俺だったら外れるのを覚悟で付与しておく。いや、何なら上位だけに大量に付与するギャンブルを打つって考えを持つかもな」

両者の特別試験における少数戦の考え方は相反するらしい。

それぞれの考えは正しい面をしっかり持っている。

ただ、結局取れる組み合わせは最初から大まかに3つしかない。

高い学力の生徒か低い学力の生徒、あるいはバランスを取るかだ。

「それから、他にも気にするべきは相手が追加でペナルティの付与を買ってきた場合でしょう。ターゲットを20人30人に広げてといった物量作戦で攻めてくると厄介ですよ」

「金の実弾って奴だな。リスキーだが、龍園ならそれを覚悟で仕掛けてくるかもな」

仮に少数戦に参加する生徒全員を的中させれば、ハンデを大きく埋められる。

このペナルティの付与を追加で購入できる、という部分は今回の特別試験で一番面白い要素だろう。

通常なら学力の差は簡単には埋められず、龍園サイドにほぼ勝ち目はない。

だが全体戦が2勝で、少数戦が５勝という配分に加えペナルティ付与のルール。

代表者の読み合いに勝てば互角に持ち込むことも出来る上に、追加で購入できることで逆転の確率を自分たちである程度コントロール可能。

勝って当たり前と言われる試験だが、意外と向こうにも付け入る隙はある。

「こっちの上位陣全部に20点のペナルティを付けてきたら……流石にヤバいか？」

「勝率はグッと落ちるでしょうね。ただ、その無茶を実現するためには湯水のようにプライベートポイントを使わなければなりませんが」

20点減らすためのプライベートポイント、その追加費用は１００万。ＣクラスのＢ＋以上は12人なので初期の１０００点分を差し引いても諸経費は７００万もかかる。

「１０００万近く使って負けました、なんて笑えないだろうな」

そう、勝てばまだ救いもあるが負けた時のリスクも考えなければならない。

試験での勝率を上げれば上げるほど、財政難となり後の勝率に影響を及ぼす。

「その辺を龍園の奴がどうしてくるか。おまえには向こうの手が読めてたりするのか？」

橋本が度々、こちらの発言に期待を寄せてくる。

ここでの活躍がオレ自身のクラス内での立場も位置付けるため、過度な答えを期待していることだろう。

「龍園の戦略か――――」

オレは少しだけ考える素振りを見せてから、こう答えた。

「何も分からないな」

「……そっちも思いついてないのかよ」

「残念でしたね、綾小路清隆がまだ閃いていないようで」

「試験までは猶予もある。それまでにオレが勝てる作戦を練ればいいだけのことだ」

「急がば回れってことか。ま、綾小路も神様ってわけじゃないだろうしな」

内心では不安を覚えているのは間違いなさそうだが、毅然とそう振舞った。

「それからオレは今回の特別試験で、オレ個人が少数戦に参加する気はない」

「そりゃまあどうしようと自由だが、それでいいのかよ。俺たちのクラスで認められるには分かりやすく実力を示す必要がある、移籍話の時にそう言ったのは綾小路だっただろ？　自信がないわけじゃないよな？　希少な学力Aさんよ」

「龍園がオレを気にしないとでも思うのか？」

「ん、そりゃまあ、龍園からはマークされてるに決まってるが……」

「普通に考えれば綾小路清隆が出てくると考え、ペナルティを付与してくるのが定石で、ノコノコと出て行けば狙い撃ちにされます。1つや2つのペナルティならともかく、30も40も付与してくれれば物理的に勝ち目はなくなる。1勝欲しさにそこまでするか、という話はおいておきますが」

満点を取ってもペナルティが40も付けば、強制的に60点。

金田やひより、葛城クラスでなくとも勝ち目が十分出てくるだろう。

「十中八九、龍園はオレに複数のペナルティを付与してくる。出ていく必要はない」

「そうか。龍園がおまえにペナルティを付与してくると見てるわけだ」

「ああ。向こうが口でどう答えるかは関係なく、まず間違いなくそうするだろうな」

「それなら無理をしない方がいいか。龍園が空ぶってくれる分にはありがたい」

「どう思っているのか、この後来た時に聞いてみるのも面白いかも知れないな」

「あ？　来た時って何がだよ」

「龍園だ」

そうオレが言うと、橋本は慌てて周囲を見渡す。

「……いないぜ？」

「まだな。だが、カフェで幾つか動きもあったし、時間の問題だ」

オレが視線をそのカフェの隅にやると、橋本と森下も合わせてそっちを向く。

こちらを見ていた小宮と山脇が慌てて視線を逸らし偶然を装うがもう遅いだろう。

「こっちを見張ってたってわけか。距離があるから気にしてなかったぜ」

橋本が警戒していたのは、盗聴の類だけだろうからな。

ただ、そういう意味では既に遅いともいえる。

横の席に座っていた1年生の男女2人が、カフェでの休憩を終えて席を立つ。

オレがその2人が去っていくのを見つめていると、森下が不思議そうに首を傾げた。

「あの1年生たちがどうかしたんですか」

「さっきの2人も龍園が送り込んだ新入生だ」

「あ……？　マジで言ってんのか？」

「ああ。なるべく自然に装ってはいたが音声が拾えるように携帯をテーブルの端寄り、つまり出来るだけこちら側に近づけて、しかも裏向きに置いていた。録音か録画をしてる最中に連絡が来れば画面が点灯しこっちに見られるリスクがあるからな。普通男女問わず携帯は身に着けるか手元に置いておくし、定期的に確認をするものだ。だが瀧倉……女子の方には沈黙が生まれた時にも終始携帯を触る様子がなかった」

「くそっ、こんな短期間の間に1年をもう手駒にしてんのかよ……」

「入学してから1週間弱。その間にも、龍園は監視の網を広げるため1年生に接触をしていたってことだ」

橋本も警戒心は十分強い方だが、流石に1年生はまだノーマークだったんだろう。

「名前を把握しているとはやりますね綾小路清隆」

「中学時代の参考記録とはいえ、OAAに載っている顔と名前は閲覧可能だからな。公開されたその日のうちに目は通しておいた」

「確かにそう聞けば怪しい2人だったかも知れません。ですがそれだけでは、龍園翔に送り込まれた刺客だと確実には言い切れないのでは？　携帯はたまたま触れなかっただけ、置いた位置も何も考えていなかっただけ。そういった可能性も捨てきれないと思います」

「そうかもな。だが、警戒しておくに越したことはない。それくらいのことをしているという前提で動くのは大切だ」

実際には根拠となる理由もあるのだが、それに触れるのは特別試験後でいいだろう。

口笛を吹いた橋本は、誇らしげに笑い頷く。

「スパイ濃厚なら十分だろ森下。流石綾小路だぜ」

「褒めてばかりもいられませんよ。むしろそれなら、綾小路清隆は情報を幾つか渡したということになります」

「渡しても良い情報だけしか渡してない。大丈夫だ」

「色々と分からないって言ってたのもそういうことなんだな。そうそれ、それだぜ。そういうところを俺は買わせてもらったんだ。敵が近くにいたんじゃうっかり本音を話すわけにもいかないわな」

試験でやれることが限られている以上、情報は確かに武器になる。

僅かでも勝つためのヒント、手掛かりを得ようと動くのは必要不可欠なこと。

もっとも、それが必ずしも勝率を上げることに繋がるわけじゃないことも同時に理解していなければならない。

警戒されにくい1年生を使うというアイデアも悪くはないが、結局のところ情報は数の側面よりも精度が重要なのだ。虚実混合している情報の山から、真実だけを抜き出すのは骨の折れる作業。いや、抜き出すことは困難と言っていい。

森下が、半分ほどになった抹茶ラテのストローから口を離す。

「どうやら本当に来たようですね」

「そうみたいだな。いったんお喋りは止めておこうぜ。今度の相手は、堀北たちなんかよりもよっぽど厄介なお客さんだからな」

微かに緊張を含んだ橋本は、そう言って苦笑いに近い笑みを浮かべた。

龍園と石崎、そしてアルベルトの3人が近づいてくる。

始業式が終わってから1週間。

他クラス他学年からは移籍の件を根掘り葉掘り聞かれたが、龍園クラスの生徒は目が合いこそすれ、ここまで誰も移籍について触れてこなかった。それどころか、あえて接触を避けている節があったくらいだ。

龍園がクラスメイトに指示を出していることは明らか。

「こんな場所で嫌な展開にはならないと思うが……鬼頭がいないのはちょっと心細いぜ」

橋本は、森下を見て、やや不安を感じたらしい。

万が一の展開を想像してのことだろうが、流石にその可能性は考慮しなくて大丈夫だ。

「生まれたての小鹿のように震えないでも大丈夫です。いざという時は私がバッタバッタと倒してあげますから。こう見えても私、藍ちゃん流古武術の免許皆伝なんですよ」

「……頼りにしてるぜ」

混じりけの無い嘘に橋本は感謝しつつオレと森下の前に立つ。

「綾小路ぃ！」

直後野太く大きな声がカフェどころかケヤキモール内に響き渡った。

ゆっくりと歩いてくる男に我慢できず駆け出してきた石崎の発声だ。

「おまえ、坂、じゃなくてCクラスに移籍したってなんでなんだよ⁉」

ここまで触れたくても触れられなかった。

そんな話題を、想いを爆発させるように解き放つ。

「うるせぇな石崎。他の生徒が困ってるだろ、落ち着けよ」

石崎がオレに触れないよう間に入る橋本。

「落ち着けるかっての！　俺は、俺はずっと――――！」

「どけ」

石崎に追いついた龍園が石崎の肩を押して、強引に道を空けさせる。

周辺に座っていた生徒たちが、自分たちに火の粉が飛んでくるかも知れないと考え慌てて席の移動を始めた。

「楽しいカフェの雰囲気が台無しだぜ龍園。最低限のマナーは守ってくれよな？」

「テメェは相変わらず必死だな。坂柳が消えれば今度は迷わず綾小路か。強い奴の傍に張り付いてなきゃすぐに死ぬのか？」

「クラスのために働くのは悪いことじゃないだろ？」

「ハッ、まあ好きにすりゃいい。それよりも――――だ」

ぐるっと首を一度回した後、龍園はオレを鋭い眼光で射貫いてくる。

「Cクラスに移籍するなんざ、どういうつもりだ？」

「どうもこうもない。坂柳が抜けてCクラスからヘルプが入ったからな」

オレが橋本を見ると、そうだと言わんばかりに大げさに力強く頷いてみせた。

「いやいや、んなことで下のクラスに移籍なんてすっかよ！」

「ちょっと黙ってろ」

「は、はいっ！　すんません！」

龍園に胸倉を掴まれ、石崎は大慌てで謝罪する。

「オレがCクラスに移籍して、何か不都合でもあるのか？」

「クックック。いいや？　不都合どころか俺にとっちゃ歓迎する展開だ。他でもないおまえ自身がクラスを率いてくれるなら、倒すのにこれ以上ない舞台になりそうだからな」

堀北を隠れ蓑に傀儡を用いて戦われていては、龍園としては消化不良。

そういう意味で歓迎するスタンスを見せる。

「にしても龍園、新しいウチのリーダーに挨拶するのが随分遅かったんじゃないか？」

「リーダー？　そいつは気が早ぇ。まだ認められた様子はなさそうだがな」

この1週間、逸ることもなくCクラスの状態を探っていたんだろう。

島崎たちを始め、まだオレが歓迎されていないこと、リーダーとしての活動が許可されていないことは理解しているだろう。

「次の特別試験じゃ結果を求められてる。お手柔らかに頼む」

「そいつは無理な相談だな。こっちとしちゃおまえと戦える良い機会だ、遠慮なく打てる手は打たせてもらうぜ」

そう言い、龍園はオレに背を向けて歩き出す。

これ以上の余計なお喋りは不要、ということだ。

「綾小路ぃ……なんで……Cに行くくらいなら……くそっ……！　あぁもう過ぎたことは

仕方ねえか……とにかく、また今度ゆっくり話そうぜ」

　悔しそうにしつつも受け入れるしかない現状に、石崎はそう伝えてきた。

「あ、近々椎名に会っておけよな。俺ほどじゃないにしてもかなり落ち込んでたぞ」

「そうするつもりだ」

　龍園から接触してくるまであえて図書室を避けるようにしていたからな。

　特別試験が終わったら、また顔を出すことにしよう。

　アルベルトも軽く俺に手をあげ、無言で龍園の後を追って戻っていった。

「ふ、口ほどにもありませんね」

　まるで自分が追い払い一仕事を終えたかのように、底に沈んだ抹茶を吸い上げる森下。

「一言も発しなかった奴がよく言うよ、ったく……。とにかく龍園が勝ちに来ることだけは間違いないだろうし、おまえもいよいよ負けられないぜ綾小路。じっくりしっかりと作戦を考えてくれ。こっちも新しい情報が手に入ったらすぐに報告する」

　こうしちゃいられないと、橋本は座ることなくカップを持ってカフェを後にする。

「足で動き回るのが好きですよね橋本正義は。陸上部だからでしょうか」

　いや、それは多分関係ない……多分。

　というか橋本は陸上部所属ですらない。

3

賑やかなケヤキモールのカフェで綾小路と龍園の対話が繰り広げられていた時。

櫛田は同じカフェでカフェオレを持ち帰りで買った後、すぐにその場を後にしていた。

満場一致特別試験で綾小路に本性を暴かれて以降、自然とクラスメイトは寄り付かなくなった。男子は然程気にしていない者も多かったが、特に女子は櫛田から距離を取る者が少なくなく、1人で過ごす時間が劇的に増えていた。

それも仕方がないことと、櫛田は気にすることもなく今は綺麗に割り切っている。

元々、群れることが好きなわけではない。

ただ群れの中で目立ち、そして優れた人間でありたかっただけ。

もちろん、櫛田の本性のことなど何も知らない他クラスの生徒や、他学年の生徒とは以前と同様に絡むこともあるが、自分から頻度を若干減らしていた。

周囲に本性を知る人間が多数いるため、演技を続ける自分への疲労が一段と高まることが原因だった。

ああ、また櫛田が善人のフリをしている。

どこかでそんな感情を含んだ目を向けてくるクラスメイトに対し、どうしても苛立ちは募る。

中学時代に比べれば、自身も周囲も随分と大人になったと感じてはいる。

それでも、最近はフラストレーションを吐き出せずにいた。

ガス抜きの出来ない日々が続けば、嘘で笑顔を振りまく気にもなれないというもの。

「うわ、ウザ」

帰り際、声の聞こえる範囲に聞かれて困る相手がいないこともあって、櫛田は視界に入ったある存在を見て遠慮のない悪態をつく。

ある存在とは、ベンチに腰掛け暗い表情で俯く堀北だ。

そのまま通り過ぎることは簡単だったが、櫛田が堀北の目の前で足を止めるとゆっくりと顔が上がった。

「櫛田さん……？」

「なんで疑問形？　っていうか、そんなところで何してるのとか聞かないから。偶然を装って綾小路くんに会えないか待ってるんでしょ？」

「違うわよ」

「いや、バレバレだし。そもそも偶然要素皆無だし、単にめっちゃ重い女だけど？」

図星を突かれた上にあっけなく見破られた堀北は視線を逸らす。

「……私のことは放っておいてくれないかしら」

「放っておきたいところだけど、そんな辛気臭い顔してると見過ごせないっての。クラス

のリーダーがそんな表情をしてたらどう考えても士気にかかわるでしょ」

櫛田が本性を暴かれた上、嫌いな堀北を見逃しクラスを共にしている理由は、Ａクラスで卒業をするために必要な存在だからだ。重要な役割を担っている堀北が衰弱していてはその確率を下げることになる。櫛田が歓迎するはずもない。

「あなたは――――」

何かを聞こうとした堀北から視線を外し、櫛田は背後から近づく気配に注意を向けた。寮への帰り道ということもあり、３年Ｄクラスの二宮唯が通りかかったためだ。

「櫛田さん堀北さん。さよなら～」

「あっ、バイバイ二宮さん。また今度遊ぼうね～」

笑顔を見せ、二宮が声の届く範囲から出ていくまで笑顔を向け続ける。

堀北も配慮し、しばらくの間見守った。

「あなたは平気なの櫛田さん。綾小路くんが移籍して」

「平気？　平気なわけないでしょ。綾小路くんがいなくなったら、ハリボテのこのクラスはひとたまりもない。私のＡクラス卒業がお先真っ暗って感じ。それに綾小路くんは私の本性を知ってるわけだし、言ってみれば他クラスにそのことが漏れたみたいなもの。この先、必要だと感じたら遠慮なんてしないはずだから私のことを公にするかも知れない」

堀北は綾小路に会った始業式の放課後のことを思い出した。

綾小路（あやのこうじ）と松下（まつした）で、水面下で行われていたやり取り、その実績。

それが何ら躊躇（ためら）うこともなく暴露された。櫛田（くしだ）の不安と読みは半分的中している。

「ならどうしてそんなに平然としていられるの？」

「平然としたフリでもしてなきゃやってられないでしょ。善人に見せかけるのが得意なように、平気なフリをするのも得意だからね。どこかの誰かさんと違って」

立ち話が長くなってきたので、櫛田は帰宅してから飲もうと思っていたカフェオレに手を付ける。喉元を通して、コーヒーの香りと共に甘みが広がっていく。

「はーウッザ。マジでその顔どうにかならないの？　ブスが余計にブスになってる」

「私は普通にしているつもりよ」

「だとしたら相当重症」

呆（あき）れてため息をつき、歩き出そうとしたがあることを思い返す。

「この際女々しくしててもいいから、伊吹（いぶき）の奴（やつ）だけどうにかしてくれない？」

「……そういえば最近しつこいくらい連絡してくるわね……」

「あんたが相手しないから、こっちに何か食わせろって言ってくるの。山菜定食でも食べてろって言ったんだけど不満タラタラ。タダでそこそこのクオリティのご飯を食べられる環境にいたせいで感覚麻痺（まひ）してるって感じ」

ここ最近は、堀北（ほりきた）が食事を作り伊吹と櫛田がそこに交ざるという機会が、春休みが終わるまでは週に半分以上繰り返されていた。それがパタリと、１週間も途切れた状態が続いている。

「今は……悪いけど何もする気にはなれないわ」

「別に作れなんて思ってないし。とりあえず特別試験も始まったし、さっさと何とかするアイデア考えてよね。最下位の一之瀬クラスになんて負けられないでしょ」

「軽く言ってくれるわね。人数差を考えればこっちが不利な状況にいるのよ……？」

「だから？　その状況でも勝ってみせるのがクラスのリーダーでしょ」

厳しい要求だとも思ったが、直後にもっともだと理解させられる。

自ら進んで上に立つということはその責任を負うこと。

「そうね……そう思うわ」

櫛田は表情を強引に穏やかなものに戻し、仮面を被り直す。

「分かっててもダメって感じだね。じゃあ、私もう行くから。そこで綾小路くんが帰ってくるのを待ってれば？　でも――――多分相手にされないと思うけど」

冷たくそう言葉を残し、櫛田はカップを強く握り締め歩き出した。

その背中を堀北はしばらく無意味に眺めていたが、やがて姿が見えなくなったところで重い腰を上げる。

最後に残された櫛田の言葉が、紛れもなく正しいからだ。

「こんなところで待ち伏せみたいなことをして、彼が歓迎するわけがない……」

最初から分かっていたはずなのに、可哀想な自分を演じていたことを櫛田の言葉によって気付かされた。

ただ、それでも前を向くことは出来ない。

会いたい、という感情に嘘偽りはないからだ。

ちゃんと目を見て、話をしたい。

「私が望むのは……今は、それだけなのよ……」

心の中で櫛田と、そしてクラスメイトに謝罪をして堀北は帰ることを決めた。

4

自室に戻った私は、制服を脱ぐこともせずベッドに倒れ込んだ。

身体が重たい。

けして体調が悪いわけじゃない。

でも気力が湧いてこない。

「試験の対策を……考えなければいけないのに……」

ただ無意味な時間を過ごしながら天井を眺めていると、携帯が鳴った。

「綾小路くん……!?」
手を伸ばし着信画面を見る。
淡い期待も虚しく、そこに表示されたのは『伊吹澪』の名前。
櫛田さんも言っていたように、ここ最近は何度か直接も含め声をかけられた。
といってもオウムのように『飯を食わせろ』と言ってくるだけ。
とても食事を作る気分にはなれず、私は断り続けている。
今日もそういう電話なんでしょうね。
テーブルに置かれたコンビニ弁当を横目に、私はまたベッドで横になる。
しばらく鳴り続けていた携帯はやがて静かになった。
何も考えたくない。
何も受け入れたくない。
ただ、無意味に時間だけが流れていく。
今日が終わり明日が来ても、綾小路くんはクラスにいない。
携帯が、震える。
また伊吹さん？
でも短い振動は電話ではなく、メッセージだ。
微かな淡い期待を抱いて私は携帯を手に取る。

『特別試験について、どうするか話し合った方がいいと思う』

そんな平田くんからのメッセージ。

落胆しつつも、少しだけ現実に引き戻される。

「そう……嫌でも考えなければならないのよね……」

他のクラスは間違いなく、次の特別試験に向けてもう動き出している。

なのに私は……。

不意に天井が歪んで見えた。

「——泣いているの？　私は……」

人差し指で軽く目元を拭ってみる。

信じられないことに、指先が濡れていた。

「……また、彼に泣かされたのね……」

何度目か分からないため息をつく。

自分で自分の感情をコントロールできていない。

落ち着きを取り戻せない。

「どうして……」

声に出す。

声に出して、現実なのだと自分に言い聞かせる。

「分からない――――これは、本当のことなの？」

気持ちが悪い。

どうしてこんなことになっているのか、まだ理解できていない。

いいえ、理解したくないと拒絶し続けている。

3年生になったその日、3年Aクラスのプレートを見つめた時間が幻だったかのよう。

もうあの時の高揚と緊張の瞬間を思い出すことが出来ない。

始業式の朝まで時間を戻して欲しい。

そして彼がクラスを見捨ててしまう前に、その腕を掴んで引き止めたい。

お願いだから移籍なんてしないでと――――。

「そんなこと、意味なんてない……ないのよ……」

何度同じことを考えてしまうの？

それは無駄なことなのに。

もし、神様がそんな奇跡を許してくれたとしても、きっと綾小路くんは踏み留まってはくれない。

昨日今日で考えたような突拍子もないプランだったなら、百歩譲って思い留まらせることが出来たかも知れない。

けれど、そうじゃないのよ。

綾小路くんは、それよりも前から移籍を決断していた。
いつから——？
そんなことは分からない。
1週間か1か月か、どちらにせよ……始業式の朝に戻ったところで意味なんてない。
助けて……。
綾小路くん……。

助けて——。

5

堀北がベンチで櫛田と会話を交わしていた時間。
龍園は石崎、アルベルトに加え葛城と伊吹を招集しカラオケルームに足を運んでいた。
このクラスで内密な打ち合わせをする時に常用している場所の1つだ。
各々どの席に座るかは、繰り返す会合の中で自然と出来上がっている。
石崎はフードメニュー表を見ながら、1人呟く。
「なあ伊吹。新しく揚げパスタってのが追加されてるんだけど、頼んでもいいか？」

俗にいうフライドパスタと呼ばれる食べ物を指差してそう聞いた。

「なんで私に聞くわけ。勝手にすればいいでしょ」

「昔、親父がキャバクラ帰りの時に話してたんだよ。この揚げたパスタがすげえ美味いんだって。一度食ってみたかったんだよな」

「そんな話どうでもいいし」

「パスタでも何でもいいが、まずは話し合いだろう。今回の特別試験は簡単には行かないぞ。いや、今回『も』と言った方が正しいか」

一番離れたところに、腕を組んで座った葛城が石崎たちにまずは話し合いへ参加することを促す。

「分かりきっていると思うが、どれだけ贔屓目に見てもBクラスが最も苦手な試験だ」

「まー勉強はどうにもなんないしね」

伊吹が諦めた口調で答える。

学力勝負では、ほぼ勝ち目がない。

それが龍園クラスの抱える欠点の中でも、一番の課題と言って差し支えない。

ここまで実力だけでなく運にも味方されBクラスに辿り着いたものの、苦手なジャンルに対して勝ち方を導き出すことが出来ていない現状。

しかも今回の相手は学力で最も定評のある元Aクラスが相手。

「勝つことを目標にする場合、厳しい戦いになることは避けられない」

「いっそのこと捨てたら？　クラスポイント100くらいなら大したことないでしょ」

「やる前から諦めんのかよ伊吹！」

「だったらあんた、試験までの間24時間不眠不休で勉強する？　したとしても、差が縮まるほど点数が取れるとも思えないけどね」

「う、それは……まあ……きっちぃけどよ……」

「普段から勉強しておかないからだ。俺が渡した課題も全然していないだろう」

「学校の勉強だけでも嫌なのに、なんで葛城が作った宿題までしなきゃなんねーんだよ」

「それがクラスのためだからだ。実際、真面目に取り組んでいる生徒たちは、着実に学力を向上させているぞ」

成果が出ていることを強調する葛城だったが、石崎はバツが悪そうに視線を逸らす。

「勉強は落第しないくらいが精一杯だっての。これ以上詰め込んだらパンクだパンク」

石崎のそんな態度に、葛城はため息をつきつつ龍園を見た。

「おまえがもっと厳しく指示を出すべきなんじゃないのか。そうすれば石崎たちも多少はやる気を出すはずだ」

「バカに塗る薬はねえからな。それにわざわざ相手の土俵に立ってやることもねえだろ。こっちは正攻法で戦う気なんざ、最初からねえよ」

勝ち目の薄いやり方など最初から捨てていると、龍園は即答する。

「しかし強敵だぞ。坂柳が抜けたと言っても、Cクラスは学力に特化した生徒が多い。大幅にダウンしたとは言えないだろうからな」

ここまで本腰を入れず話を聞いていた石崎が立ち上がり拳を握る。

「ダウンどころじゃねえよ。綾小路加入でむしろ超パワーアップしたっての。くそ、なんでCクラスなんかに行ってんだよ……意味分かんねぇ。おまえ分かるか？」

「私に聞かないでってば。つか、あいつの考えを理解しようとなんてしなきゃいいのよ」

関係を持とうとするから面倒くさいことになる。

それを伊吹は身をもって経験したため、今は基本的に避けるスタンスを固持。

カフェに出向く際も1秒で拒絶を示した。

そのお陰で精神衛生上は悪くなく、比較的穏やかに過ごせている。

たまに予期せぬ場所で遭遇した時は、その限りではないが。

「マジで強敵現るって感じだぜ……」

「そうでなきゃ困るんだよ。俺の最終目標はそこにあるんだからな」

強敵であってもらわなければならない。そんなことを口にする。

それは、どこか龍園らしからぬ発言であると石崎は感じたが、特に突っ込むことなく静かに頷いた。

「そうだな。しかし未だに、やや半信半疑な部分がないわけじゃない。もちろん、綾小路の冷静さや時折見せる鋭さなど優秀な部分を持っていることは否定しないが、どこか抜けていて憎み切れないというか……坂柳を超える生徒、という判断が持てずにいる」

「そりゃ葛城、綾小路の凄さを直接見てないからだろ。アレはヤバいぜ。なあ伊吹」

「だっから、私に振らないでってば。あいつの話題ほどムカムカすることないんだから。心底嫌いだし」

「よく文句言ってる堀北とどっちが嫌いなんだよ」

「それは……難しい選択。右目か左目、どっちを捨てるかみたいな……」

「怖すぎだろ、どんな例えだよそれ……」

そんな下らないやり取りをする2人を横目に、龍園は気にした様子もなく天井を一度見上げた。葛城はそのタイミングで視線を石崎に向けた。

「移籍した綾小路と橋本たちの様子はどうだった。移籍した理由は？」

「何も変わらねえっつーか、ＡもＣもあいつには関係ないって感じではあったかな。Ｃからヘルプが入ったって言ってたが本当かは分かんねえ」

「リーダーになって好き勝手やるためじゃないの？」

「坂柳が不在になった今なら、確かにリーダーの座は空いているが……。どちらかと言えば綾小路は目立たず騒がず、静かに事を成すタイプだと思っていた」

葛城は自身のイメージと重ね合わせながら、龍園に問いかける。

「おまえはどう思った」

「さあな。奴が移籍して表に出てくるってんなら理由なんざどうでもいい」

龍園は考えをまとめたのか、葛城の方へと視線を戻した。

「今回の特別試験、普通にやりゃ、綾小路がいるいないに関係なく99％こっちの負けは決まっているようなもんだ。だがルールに穴が無いわけじゃねえ。実弾さえあれば、幾らでも優位に出来るように作られてるってのは悪くない」

「それはそうだが……ここで蓄えたプライベートポイントを注ぎ込むつもりか？」

「向こうは綾小路の引き抜きで相当出費が嵩んだはずだ。それに、学力で優位に立っている以上、最小限の投資で勝ちにくる。狙い目だ」

状況としては、金をかけた応酬にはならないということ。無い袖を振れないCクラスは、純粋な学力と与えられたペナルティの付与で戦うことしか出来ない。

「言いたいことは分かるが、少量のペナルティ追加で簡単に埋められる学力の差ではないぞ。幾十幾人もの生徒にペナルティを与えてやっと勝負になるかどうかだ。とても効率的なプランとは言えないな。向こうの5人を全て見抜けるわけでもないだろう？」

「ならおまえは否定派か？」

「そういうわけじゃない。中途半端になるくらいならやるな、という話だ。高確率で勝つためには……あくまでもこの場での皮算用だが、追加で３００点は奪いたい。となると１５００万のプライベートポイントを注ぎ込むくらいはしなければならないだろう」

「か、勝つために１５００万もかかんのかよ！」

「これでも絶対の保証は得られない。仮にクラス全体に付与すれば１人から奪える点数は10点程度。相手が初期の１００点を絞り込んで５人に集中させ20点を奪いにくると想定するなら、見破られた場合は１人につき10点ほど負けたスタートになるからな。もちろんそうなる確率は低いが、最悪を想定すればそんなパターンも考えられる」

大金をかけても互角のスタートにすらならない展開。

見積もりを見誤ると、プライベートポイントだけが水泡に帰す。

その点を心配していると葛城は説く。

「より勝率を上げるには、更に１０００万２０００万を追加するしかない。あるいはクラスの候補者を絞って20点前後を奪いに行くか。ということになるが、これを勝率が上がる方法と言えないのが苦しいところだ」

「下手すりゃ破産だな」

「ああ。だがそれだけの大金とリスクを背負ってでも勝ちに行くとおまえが決断するなら止める理由はない。完全勝利は不可能でも、絶対に負けは許されなくなるがな」

ハードルはけして低くない。話半分に聞いていた伊吹が顔を上げる。

「聞いてて思ったけど、こんな試験やっぱ捨てた方がいいんじゃないの」

勝負に行く気配を見せている龍園に対し、そう突っ込んだ。

「お、おい伊吹、おまえ龍園さんに意見する気かよ！」

「何よ、意見が欲しいから私を呼んだんでしょ？　違うなら帰るけど？」

そう言って帰る素振りを見せる伊吹に龍園が笑う。

「聞いてやる。どうしてそう思った」

「そりゃ単純に不利だからでしょ。葛城が言ったように勉強じゃ勝負にならない。プライベートポイントを使えば勝てるかもって話だけど、どう考えても報酬に見合ってない。私でも無茶だって思うのが何よりの証拠って奴」

「俺も伊吹に同意見だ。費用対効果としてはお世辞にも良いとは言えない。完全勝利のケースで想定しても大きな見返りとは言えないだろう」

伊吹に合わせ、葛城も自分の主張を伝える。

「ま、目に見える見返りだけを見りゃそうなるかもな」

「何それ、どういう意味よ」

「こっちは確かに負けて当然の試験だ。が、つまり向こうにとっちゃ絶対に負けられない試験ってことだ。勝って当たり前ってのは無意識下でプレッシャーを受ける。そして、本当に負けた時のダメージ、ショックは桁違いにデカい」

「綾小路の出端を挫きたい、という話か。だが、無理に勝ったところで、そう言い切れるほどのダメージになるのか？」

「なるさ。俺自身、あの屋上での一件で痛いほど味わったことだ」

拳と拳を合わせ龍園は鋭い眼光を見せる。

支配的な暴力と決して屈しない心を持っていると自負していた龍園の思考には、どんな流れが来ようとも最終的な勝利しか頭になかった。

しかし、ただ1人、堂々と敵地に乗り込み他を圧倒した綾小路は規格の外。

龍園が絶対とする、その思考を物理的にも精神的にも叩きのめしてきた。

どん底に突き落とされ復活するまでにかかった時間は、けして少なくない。

「Ｃの連中も、そして綾小路も、けして負けるなんて考えちゃいない。それでも奥底では万が一って奴に怯えてるのさ。そんな試験だからこそこっちには戦う意味がある。奴の移籍、その船出を叩くことが出来れば、実際の差よりも大きなアドバンテージになる」

報酬が１００程度といっても、確実に広がるクラスポイントも無視できない。

龍園堀北クラスと比較し、綾小路が所属するＣクラスとの差は小さくない。

無駄な敗北などしていられない状況であることを思えば、追加でクラスポイントを引き離せるというのは大きな成果になるだろう。

残りの学校生活は短くなる一方で、けして延びることはないのだから。

「でも勝つための最低条件が１５００万以上かぁ……たっけぇなあ……」

石崎が指を折りながら、かかる実弾の額に驚きを見せる。

「普通ならそれだけ出しゃ十分可能性が生まれるが、相手はあの綾小路だ。こっちが自爆覚悟で大枚をはたくことを計算に入れてないはずがねえ。ペナルティの付与にモノを言わせ勝利をもぎ取っても、完全勝利を防げるならそれで十分と考えるかもな」

全体戦ではペナルティを活かせないため、実質的に相手は2勝を手中に収めている。

「ふむ……話は分かったが、どう切り取ってもリスクの方が大きいと思える」

それは提唱した龍園自身も分かっていること。

もし迷いなど無ければ、こんな場を設け葛城たちに意見を問うこともない。

特別試験を拾うか捨てるか。

まず、その取捨選択を確定させなければならない。攻めっ気を持ちながらも、結論を出さずにいる龍園を横目に、葛城は今度は伊吹に視線を向けた。

「堀北の様子はどうだ」

「は？　なんで私に聞くわけ」

「最近はよく堀北の部屋で食事をしていると言っていただろう。相当参っている様子だったのは俺も知っているが、あれから立ち直れたのか？」

「立ち直ってないいんじゃない？　私が行っても門前払いしてくるし。辛気臭い顔ばっかりしてるから、鬱陶しくて仕方ない」

移籍から1週間が経ってても、改善の余地は見られないと口にする。

「そうか。平常心を取り戻せていない状況での特別試験はキツイだろうな」

「いい気味。無様に負けりゃいいのよ負けりゃ」

「ひでぇな。友達だろおまえ、そんな冷たくていいのかよ」

「はあああ？　友達なんかじゃないし」

「人の不幸を喜ぶわけではないが、Ａクラスが躓いてくれるならこちらとしては感謝すべき状況だな。一之瀬が１つ２つ勝ちを拾ったところで、それほどの脅威にはならない」

もし無理に勝ちを狙う理由を作るとすれば、そこになるか、と葛城は考える。

Ａクラスに追い付き追い抜けば、一気に出し抜ける可能性も生まれる。

そんな雑談がしばらく続いた後、龍園はテーブルに残っていた水を一気に飲み干した。

「――――俺の戦い方は決まった」

「やはり全力で迎え撃つのか？」

プライベートポイントを注ぎ込み、何が何でも特別試験で勝利する。

背に腹は代えられない、という考えが強そうだと判断した葛城が問う。

「あいつにとって、綾小路にとって次の特別試験で一番重要なことは何だと思う」

「それはやはり『初勝利』だろうな」

「そうだ。奴はCクラスの連中に金を出させた。坂柳の代わりにリーダーの座に収まって好き勝手やるためにな。だがクラスの連中もバカじゃねえ。何も示してない奴に、全てを託すような真似は今のところしてねえ。なら綾小路は何が何でも勝ちたいと考える。しかも勝って当然の特別試験での敗北なんて許されるはずもねえ。ある意味、最初で最後のチャンスって奴だ」

「そりゃそうよね。移籍してきていきなり指揮執って負けたら糞ダサいだけ」

伊吹も、そして隣の石崎も完全に同意見であるため頷く。

「1年かけず、一度でCクラスの船を沈めてしまう――か」

「自分が有利だと分かっていても、どんなに簡単な戦いでもあいつは気が抜けない以上、必ず本気でやる。何故なら、腹立たしいほど常人離れした思考を持ってやがるからだ。少数戦の人選も、下手すりゃ5人全員が見抜かれたって不思議はねえ」

もし龍園がサイコロを振って生徒を選んだなら、実際には読むことなどは不可能。

だが、それでも当ててくるのではないかと、万が一を考えさせる実力者。

「なけなしの金を使ってペナルティの付与を買ってくる可能性もある」

「だとすれば応酬し合うことになる。資金力がモノを言うな」

「それだけじゃねえ。こっちの人選、その情報が漏れることも絶対に避けないとな」

「間違いなく探ってきますよね……正直どんな手を使うか想像もつかないっす」

その独り言に近い石崎の呟きは龍園の中にも強く疑念として渦巻く。

特別試験には、大きく突けそうな穴は無い。

反則技を使うことに綾小路が抵抗を持っているとは思えないが、龍園が思いつくような手段、叩けば埃が出るようなリスクは冒さないだろう。

そもそも基礎学力で大きく劣っている相手に、危険な橋を渡る必要もない。

あくまでも龍園サイドからの確実な情報さえ手に入れれば解決する問題だ。

「橋本を始めとして、山村には特に注意を払った方が良さそうだな」

葛城がそう言うと龍園も同意のため軽く頷いた。

「山村って誰？　そんな奴Cクラスにいたっけ」

名前に憶えのない伊吹が首を傾げる。

「ククッ、情報を盗れるもんなら盗ってみな、綾小路」

ペナルティを付与する相手。

それも含めた全てに、龍園は周囲に漏れる可能性など1％も残さない。

的確に当てることなど出来るはずもなく、それが出来たとしたら、それはもはや予知。

そんなことは絶対に出来ないと確信をする。

確信をしながらも、どこか不安と、そして期待も持っている。

どうやって不可能を可能にするのか、それを見てみたいと感じている。

「いいんだな龍園。俺もその気で動くぞ」

善は急げと、カラオケの出口へと向かおうとする葛城。

クラスの学力向上に大きく貢献しているからこそ、学力が求められる試験での立ち回りに責任を強く持っている。

そんな葛城の背中に対し、龍園は――。

○Cクラスでの学校生活

日曜日がやってきた。

今日は新しいクラスメイトと親睦を深めるため吉田、白石と待ち合わせをしている。

更に白石は友達を1人連れてくるらしく、それが誰なのかは聞いていない。

約束の時間は10時半のため、準備を済ませると、その15分前に自室を出る。

待ち合わせ場所は、シンプルに寮の前。

ロビーに降り外に出たところで、既に落ち着きのない吉田の姿を見つけた。

「よ、よう。早いんだな綾小路」

「吉田の方もな」

「まあ、俺は紳士だからな。女子を待たせるような真似はしないんだよ」

「その口ぶりだと、随分早くから待ってそうだな」

「そんなわけないだろ。9時半くらいだって」

どう考えても早い。1時間も前から待っていたのか。

好意を向けている相手に対する情熱は大したもののようだ。ただ、1時間も早く待っていたとしてそれが好感度の上昇に繋がるかは懐疑的だ。わざわざそれをアピールするのもおかしな話で、重たすぎる印象も与えかねない。

そんな第一印象。以前なら、ここまでの解釈をスムーズには出来なかっただろう。

軽井沢との付き合いを経て、こういった方面の思考の理解が進むようになっていることを実感する。

ただ、こと恋愛においては絶対の正解はなく、その対象となる相手を見極め、その対象にあった方法で接していくことが求められるのが難しいところだ。

「白石のことが好きなのか？」

オレが見た限りでもそう感じたし、好意を向けられている白石もそう感じていたので間違いは無いと思うが、一応確認をしておこうと思い聞いてみる。

「ばっ!?　す、好きなわけないだろ！　何言ってんだ急に！」

なるほど。つまり『好き』ということだな。

嫌だの反対は良い、良いの反対は嫌。通常では成立しないことも恋愛では起こり得る。

まさにその分かりやすい典型例の1つだ。

「一応の確認だ」

「ま、まさかおまえ……おまえ白石のこと好きなのか？　軽井沢と別れたのもクラスを移籍してきたのも、くっ、そういうことかっ！」

好きなわけないだろと言いつつ、表情は穏やかじゃない。むしろ敵意剥き出しになっているが、本人は全く気が付いていないようだ。凄い勝手な解釈が進んでいる。

「生憎とそういう感情は持っていない」

「う、嘘つかなくてもいいんだぜ？　俺には関係ないことだしな。な、何なら白石との仲を取り持ってやってもいいぜ？」

無理やり作り出した余裕アピールだが、もちろん余裕など微塵も感じられない。

自ら墓穴を掘り続けているが、これ以上この話題をしても仕方がない。

「遠慮する。それよりもクラスのことを教えて欲しい。聞きたいことがある」

「……強がりやがって。まあいい、移籍してきたばかりでクラスのことを知らなきゃならないのは確かだしな。特別に俺が教えてやるから聞いてみ……つか、橋本に聞けよ。あいつおまえを評価してるし、ベラベラ余計なことまで話してくれるぜ」

「橋本には聞けないこともある」

「どういう意味だよ」

「クラスから見た橋本の現状の評価、感情。そういう部分だな」

クラスのことを大体把握している橋本でも、この点を客観的に分析し、正確に報告することは出来ない。

「橋本の評価、ね。まあ良いってより悪い方が多いのは確かだな。器用に立ち回ってるとは思うけどな」

まず自分がどう考えているのかを口にしていると、吉田の視線がロビーを向いた。

と同時に、明るく元気な声が聞こえてくる。

「おっはよ～。ヨッシー、綾小路くんっ」

待ち合わせの場所に現れたのは白石……ではなく、何故か西川亮子だった。新しいクラスメイトとして偶然声をかけてきただけのようにも思えたが、目の前で足を止める。

「今日はよろしくねっ」

「げ、西川かよ……」

「そんな嫌そうな顔しなくてもいいでしょ～」

「もしかして、白石と一緒に？」

「そりゃそうでしょ。まさか飛鳥だけとデートが出来ると思ってたの？」

「デートという認識はなかった」

友人関係、交遊を深めるという意味で期待が無かったわけではないが西川の想像している方向性とは異なっている。

「えぇ？　ほんとにぃ？　休日に誘われてホイホイ出てくるくらいだし、良いこと期待してたでしょ？　特にヨッシーなんて絶対そうでしょ」

「ち、違うし！　な、何勘違いしてんだ！」

吉田に関しては——そういう方向性で合っていると言えそうだが。

「あのさヨッシー。私、クラスメイトとして大切なアドバイスしてあげるね」

「な、なんだよ」

「飛鳥だけはやめときなって。あ、これ綾小路くんへのアドバイスでもあるからね」

そう言い近づいてくると、白石は周囲を見渡して声のトーンを少し下げた。

「飛鳥の経験値、尋常じゃないよ？」

経験値？　一体どういう意味だろうか。

「は……？　けい、経験値って？」

オレと同じように疑問に感じたようだが、何か察した様子である吉田。

「分かってる癖にぃ。１００人斬りの飛鳥。その異名を聞いたことくらいあるでしょ」

「……それ、ホントの噂、だったのか……？」

「そりゃそうでしょ。嘘で広まるような話じゃないし」

何やら、よく分からないが吉田が大きなショックを受けたことは確かなようだ。

しかしオレにはその異名の意味が理解できない。

「１００人の友達じゃなくてか？」

「え？　何その１００人の友達って」

「いや何でもない」

やはり全く関係なかったか……。

あの時森下が口ずさんだリズムが未だに忘れられずにいるようだ。

「100人斬りっていうのは、これまで100人の男子とそういう関係を持ってきたから付けられた異名なの。可愛いし、なんていうか色っぽい雰囲気も持ってるでしょ？」

そういう関係。濁しているようだったが、恐らくは深い仲ということだと思われる。

「どうかな。その辺はオレには分からないが、言いたいことは理解できた」

どうやらオレの隣人は、恋愛においてこちらよりも遥かにスペシャリストらしい。

「そんな飛鳥をさ〜、ヨッシーが落とせると思う？」

「だ、だから興味ねえって！」

「ならそういうことにしておいてあげるからさ。これを機に諦めることだね。それか……まあ土下座の1つでもすれば、一晩くらい甘い夢は見られるかも知れないけど」

「……ま、マジで？」

「あれぇ？　興味ないって今言ったばかりじゃなかったぁ？」

どうやらこの西川は、人をからかうのが好きな性格らしい。

似た人物を重ね合わせるとしたら、天沢にタイプが似ていると見てよさそうだ。

「その100人斬りという表現は、200人になったら200人斬りになるのか？」

単純に興味の湧いたオレがそんな質問をぶつけると、西川は目を丸くする。

「綾小路くんって見かけによらず面白い表現するよね」

「そうか？　普通に疑問に感じたことを聞いたまでなんだが」

「多分その答えは、ノーかな」

「なるほど。語呂はあまりよくなさそうだしな」

「そうじゃなくって……。100人で十分みたいな？　必要なのは箔って話」

箔か。恋愛においてはそういうアドバンテージの部分も影響を与える、と。

「はあ……ちょっと朝からいきなり疲れた。俺は座って待ってる」

朝の元気を使い果たしたのか、吉田はどこか落ち込んだ様子で傍のベンチに歩き出す。

そんな吉田を西川は面白そうに見つめつつ、その後こちらへと目を向けた。

「大体、飛鳥のこの事実を聞かされた男子って2パターンの反応なんだよね。100人に驚いて落ち込んでドン引きするか、逆に101番目になりたいって下心を丸出しにするか。ヨッシーはこの後どっちに転ぶかなぁ。今のところ綾小路くんはどっちでもなさそうだけど、実際はどんな気持ち？」

「尊敬の念は生まれたな。同じ歳で100人と関係を持てるのは素直に凄いことだ」

「ええ？　本気でそう思ってる？　……思ってる、って感じだね」

「どんな分野においてもスペシャリストは尊敬の対象じゃないのか？　前のクラスの話で悪いが、須藤のバスケや小野寺の水泳、井の頭の裁縫のように」

「さ、裁縫に関してはよく分かんないし、そういう普通に凄いのとはちょっと違う気もするけど……。綾小路くんって……下のクラスに自分から移籍してきたこともそうだけど、どう見てもどう考えても変わってるね」

嘘偽りなく白石の100人斬りを褒めたつもりだったが、何故か少し引かれてしまったようだ。来てからずっと笑顔だった西川の表情が少し引きつった笑みに変化している。

「……ん。いや、ちょっと待ってね」

西川は困った様子で唇を尖らせ、何かを考え込む。

「ねえ。どうしてもって言うなら、綾小路くんにだけ良いこと教えてあげよっか？」

改めて笑顔、そしてちょっと意地悪そうに微笑んで西川がそっと近づいてくる。

「どうして飛鳥が、100人斬りと呼ばれてるか。そして綾小路くんと出かけたがったのか。実はそこに大きな理由があるんだよね」

「大きな理由？」

伝え方が上手かったこともあるが、多少気になる発言だ。

オレは始業式のその日にまで記憶を遡らせる。

森下の主導によって決まったオレの席。白石飛鳥が隣の席だったことは偶然でしかないが、仮に森下がこの2人に一枚嚙んでいたとしたら、話は変わってくるか……？

「耳を貸してくれる？　特にヨッシーには聞かせられない話だから」

「ああ」

　身長差があるため、オレは少し背中を丸め西川の口元が届くように姿勢を下げた。

「飛鳥が綾小路くんを１０１人目にしてあげてもいい、って思ってるからだよ。もちろん恋愛感情なんてなくって、ただ遊んであげる、って解釈でね。どう？　嬉しい？」

　西川からの秘密話ということらしいが果たして本当なのかは疑問が強く残る。

「どういう意図があるんだ」

「どうもこうもないよ。ただ男女の関係になって遊ぼうって話だよ」

「悪いが、それが本当だとしたら断る」

「ど、どうして？」

「もしオレが白石とそういう事実を持てば、その話が西川や本人から広がる可能性がある。となると、クラスメイトの吉田の耳にも遠からず入ることになるはずだ。それは、これからオレがＣクラスで戦っていく中で足枷にしかならない」

　そう答えてオレは西川から距離を取った。

　西川は目を細めつつも、提案を断ったことに少し不満を感じているように見えた。

「ちょっと綾小路くんに対する見方、変えなきゃいけないかもね」

　ここまでは新参者をからかう、そんなスタンスだったように思えるが、その発言にはやはり不満、そして敵意のようなものが見え隠れしている。

「おはようございます」

約束の時間が迫ったことで、当事者の白石がロビーから姿を見せた。

「おっはよー飛鳥！」

直後その感情は霧散し、先ほどまでの西川へと戻った。

またベンチで落ち込んでいた吉田も、すぐにこっちに駆け寄ってきた。

西川が白石の隣に立つと改めてこう挨拶する。

「改めて、今日はよろしくね綾小路くん。ついでにヨッシーも」

「俺はついでかよ」

どうやら、クラスの内情を把握していくのは思ったより苦労するかも知れないな。

西川に先導されるまま、オレたちはケヤキモールのカラオケに向かう。

L字の席が用意された個室に、奥から白石、西川、オレ、吉田の順で座った。

「じゃあ早速歌っちゃおうか」

フードメニューに目を通すこともなく西川は握り込んだマイクを吉田に差し出す。

「いきなり俺が歌うのかよ。こういうのは新入りの綾小路からじゃないのか」

「そういうのはパワハラだよパワハラ。まずはヨッシーがお手本を見せないとさ」

「いやでもなあ。俺別に歌うのそんな好きじゃないし……」

気乗りしない吉田に、西川が近づきそっと耳打ちする。

すると直後に吉田は自分で両方の頬を強くパチンと叩いて、気合いを入れた。

「しゃーない。ここはいっちょ俺が歌うか！」

何を吹き込まれたのか予測はつくが、とにかくやる気は出てきたようだ。

吉田の選択した歌が流れ出すと西川はオレに場所を替わるように要求。

言われるがままに席を替わると、白石が腰を上げオレへの距離を詰めてきた。

服と服の端が触れるか触れないかの絶妙な距離。

「綾小路くんとは、一度ゆっくりお話がしてみたかったんです」

「席は隣同士だしいつでも出来たんじゃないのか？」

「学校では何かと落ち着かないですから」

歌は上手くないが気持ちの込もった吉田の熱唱が部屋の中に響く。

合いの手をいれている西川がしっかり盛り上げているようだ。

「この環境も、落ち着く環境と言えるかどうか」

男子と女子なら最低限の境界線、あるいは単純にパーソナルスペースが少しはありそうなものだが白石にはそれが無いのか密着に近い状況が続く。

これが100人斬りの白石によるテクニックの1つというものだろうか。

「亮子さんは私の親友なんです」

「仲が良さそうなのは、何となく感じてた。休み時間や昼休みは、西川と一緒に行動することが多いみたいだな」

やがて1曲目が終わり静寂を取り戻すカラオケルーム。

「おい2人、なんか近い距離でコソコソ話をしてんじゃねえのか!?」

「素敵な歌声でしたよ吉田くん。アンコールをお願いします」

「えっ？　そ、そうか？　そう言うなら……いやでも、2人の距離が――――！」

「はいはいヨッシー。じゃあ2曲目行っちゃおっか！」

有無を言わせず隣の西川が、マイクを放そうとする吉田を逃がさない。

「同じクラスになったことですし、連絡先を交換しましょう」

「確かにそれは必要なことだな」

互いに携帯を取り出し、電話とメッセージが出来る状態に。

「いつでも連絡してくれて構いませんから」

距離感や言葉の端々からは白石の親しみ、優しさや配慮が見て取れる。

だが、この言葉は本当に本心なのだろうか。

「何を考えてるんですか？」

「どうして親身になってくれるのか不思議なんだ。島崎(しまざき)たちのように、今はまだ距離を置いて様子見している生徒が大半だろ？」

「私は隣の席ですし。朝、偶然2人きりになったのも運命と思っています」

「運命というほどのものとは思えないが……」

「綾小路くんはそうかも知れませんが、私は本気でそう解釈しています」

そう答えると白石は吉田に見えないようにオレの手に触れてくる。

「指も長くて、爪も綺麗。素敵な手ですね」

「悪いが手を放してくれ。吉田が見ると関係を誤解するからな」

そう伝えると、白石は少し驚きつつもゆっくりと手を放した。

「やっぱり面白いですね綾小路くんって」

西川の言う異性に対してどうこう、という部分とは切り離して考えた方がいいかも知れない。一見するとそんな風に見えなくもないが、白石の瞳はそう語っていない。

興味深い実験対象、小さな箱の中にいるモルモットを見るような目。

少なくともオレにはそんな風に感じられた。

1

クラスを移籍して、ゆっくりとではあるが人間関係は少しずつ変化し始めた。

しかし、学校生活において変わらないものもある。

それは学校での授業だ。授業中の生徒たちは基本的に静かに集中していて、モニターとタブレットを交互に見つめている時間が多い。勉強を教える教師の顔ぶれも授業ごとに異なるだけで、どのクラスに所属していても景色は似たようなもの。

特別試験が間近に控えていることもあって、より真剣に取り組んでいるようだ。

学んでいる内容についてはわざわざ触れて説明するまでのものはなく、自身が何年も前に通った道のりを、復習も兼ねて取り組んでいるといったところだ。

そんな変わらない時間の中、強いて堀北クラスとの違いを挙げるとすれば、勉強における無駄のなさ、効率の良さだろうか。

どうしても学習能力には個人差があり、飲み込みの早い生徒もいれば遅い生徒もいる。

そのため池や本堂のような生徒は、理解が出来ないところで躓き教師に対する質問も多くなる。その流れで授業が度々ストップすることも珍しくない。

一方でこのCクラスは全体的に学習の意欲が高く飲み込みの早い、勉強の仕方を分かっている生徒が多いため進行は極めてスムーズだ。学習するための土台がしっかり出来ているので、全員の学力向上に繋がる好循環を生み出している。

そして今日は、つい気を抜き、サボりがちな自習の時間。

近くで見張る教師も存在しないため多少の私語は聞こえてくるが、それでも生徒たちは課題に対して真摯に向き合っている。

堀北クラスも2年間で随分と成長したが、それでもこの学習という部分においてはCクラスに追い付けず追い抜けていないのも無理はな——。

ん？　ちょっとした違和感。

気のせいか？

そう思った後の、またちょっとした違和感。

違和感……だな？

なんだ？　気のせいじゃないのか？

オレはペンを握りタブレットに書き込んでいる途中で手を止める。

頭に、微かにだが繰り返しの違和感が生じているためだ。

ただ、本当にごくわずか。

最初の一度目は風の悪戯程度の認識だったが、そうじゃない。

明らかに繰り返し、そして毛髪の不特定な場所に、違和感が生じている。

その原因を探求するため、オレはゆっくりと後ろを振り返った。

「何ですか」

ジロッとこちらを睨むように、小声で森下が問う。

彼女の手にはこちらと同じようにペンが握られ、課題に取り組んでいる様子。

「いや……」

「授業中に後ろを振り返るなんて、自習中でもダメダメ学生のすることです。ちゃんと前を向いて課題と向き合ってください」

実に文句の付けようもない正論を返される。

幸い、毛髪への違和感が振り返ったことで何故か消失したので、気にしない方がいいのかも知れない。

オレは前に向き直りタブレットでの作業を再開することに。

ところが――――。

取り組みを再開して少し、また毛髪に違和感が。

原因があるとすれば、オレの後ろに座っている森下しか考えられない。

今度は先ほどより少しだけ素早く振り返る。

すると、一瞬しまったといった顔をした森下が左手で何か握り込んで隠した。

その何かまでは残念ながら見ることが叶わず。

「私の顔を至近距離で見つめるなんて、とんだ変態野郎ですね」

「そんな意図は全くない。人の後頭部に何かしてるんじゃないのか？」

ここは仕方なく、直接聞いてみることにする。

「何も？　真面目に授業に取り組んでいますよ」

タブレットをペンで2回突いてそうアピールするが、挙動がおかしいのは明らかだ。

とはいえ今は授業中。自習ではあるもののこちらも好き放題後ろを振り向いていられる状況じゃない。

ただ、何かが行われているのは間違いないだろう。

森下(もりした)は誤魔化(ごまか)しているが、周囲の視線はそうじゃないと言っていた。

明らかに『同情』や『憐(あわ)れみ』を含めた視線でオレを見つめている者がいる。

「なあ白石(しらいし)」

「ふふふ、何ですか?」

隣の席の住人は話しかけられて、笑いを堪(こら)えきれず口元を隠しながら笑う。

「森下は何かしてるのか?」

「さあ、私にはよく分かりません」

分かりやすい嘘(うそ)に困惑しつつも、自分で対処するしかないことを悟る。

となれば―――。

オレは諦めたフリをして前を向き直す。

そしてすぐにペンで自習の続きに取り組む。

もちろん、こっちが真剣にタブレットと睨(にら)めっこをするわけじゃないことは森下も分かっているはず。決定的証拠を押さえようとしているのだと、十中八九見抜いてくる。

だがそれでいい。

向こうも何かしていることを確定づけられるくらいなら、この辺でその悪行を止めておくという決断をするだろうからな。

つまり、見逃すからこれ以上は何もするなよ、というアピールでもある。

これで集中できるだろうと考えたのだが、そんな期待は僅か数秒で打ち砕かれた。

またも後頭部に違和感が出現したからだ。

こちらの浅い考えを見透かしての行動ということか。

高速で振り向こうと思っても、無防備に背中を晒しているこちらの初動、その速度には限界がある。左手が何かを握り込む前に中身を確かめることは困難。

だが一体何をしているのか……。

ふと、視界の端に映り込んだ白石の指先が動き、床に向けられた。

なるほど……違和感の正体はこれか。

更に白石は、左手の人差し指の先端を自分の机に立てるようにして、トン、トンと触れる動きを見せる。指先が机に触れるか触れないかのタイミングで、違和感が生まれる。

つまりこの違和感が生じる前に、動くことが出来るということ。

指先がまた上に上がり、そして降ろされる。

その瞬間にオレは振り返った。

ビクッとした森下だが今度は逃がさない。

オレは動作していた右手ではなく、握りこぶしを作った左手を掴み強引に開く。

その中から出てきたのは授業ではもはや不必要になって久しい消しゴムだ。

「これはなんだ？」

「はて、何でしょうか？」

「この床に落ちたカスは？」

「分かりません」

　知らぬ存ぜぬを装うが、無駄なことだ。森下はこの消しゴムを机に擦り付け、出てきたカスを頭に投げつけていた。

「流石に白状した方がいいと思いますよ」

「助かった白石。おまえがタイミングを教えてくれたお陰で現行犯を捕まえられた」

「くっ、そういうことですか。やりますね白石飛鳥」

「ごめんなさい。困ってる綾小路くんを放っておくのが可哀想で」

「これは俗に言ういじめなんじゃないのか？」

「いじめ？　いじめとは片腹痛いことを言いますね。ではお聞きしますが、子猫がライオンにちょっかいを出すことをいじめと言いますか？　想像してみてください」

「まあ……言わないな」

「でしょう？　いじめは強き者が弱き者に行う下劣な行為。クラスのリーダーになろうとしていて、肉体的にも優れた綾小路清隆とか弱い乙女の私。どう考えても、どんな視点で見ても強者と弱者は明らかであり明白です。つまり私がしていることは、あえて言うならジャンヌダルクと同じみたいなものです」

「どうしてそこでオルレアンの乙女が出てくる」

「悪を打ち倒す、女騎士だから？」

オレが悪で森下が正義？　この場においては全くもって受け入れがたい事実だ。

「可愛い」

目を細めオレたちのやり取りを見守っていた白石が、そう呟く。

確かに外見だけで言えば、森下は容姿に関して恵まれている方だろう。

だがこの行動を可愛いと評せるのは、実際に被害を受けていない者だけだ。

「ようやく分かった気がする。杉尾が自分の席をあっさり譲った理由はこれなんだな」

「ええ。森下さんの前の生徒は等しく似たような目に遭っていたみたいです」

「この世に悪が存在する限り、戦い続けるのが私の役目ですから」

意味はさっぱり分からないはずなのだが、終始白石は楽しそうに微笑んでいた。

○綾小路の敗北

2週間は瞬く間に過ぎ去り、3年生最初の特別試験が実施される日がやってくる。

時刻は朝の7時40分。

昨日の夜は無理して徹夜することなく就寝した。

そのお陰かしっかりと目が覚めた軽井沢は、準備を済ませ寮を1人静かに出た。

1人で始まった学校生活。

2人になった学校生活。

そして、また1人に戻った学校生活。

綾小路との別れを迎えてから今日まで、軽井沢は笑うことが一度も出来なかった。

笑う心の余裕など少しもない。

佐藤を始めとした友人たちは何とか軽井沢を励まそう、楽しませようと奮闘するも、それが逆に軽井沢の心をより強く締め付けた。心が苦しいと悲鳴を上げ続ける日々。

それでも立ち止まらずに学校に通い続けられているのは、最後の意地だけ。

通学路の途中、軽井沢は思いがけず足を止めることになる。

それは前方にあるベンチに綾小路が座って携帯を触っていたためだ。

別れてから数週間、無心に日々と向き合い続ける中、まだ綾小路への想いを強く残している軽井沢は、元恋人の姿を見る度、嫌でも胸が締め付けられてしまう。

自然と視線が綾小路を追い、そして目が合う度に痛感する。

綾小路が、別れたことに対して何の未練も抱いていないということを。

それがまた軽井沢の心を容赦なく締め付ける。

それでも前に進まなければならない。

本当は気丈に、おはよう、と挨拶をして擦れ違って行ければいい。

強い自分を演じることが出来れば難しい話ではないはずだ。

そう何度も心に言い聞かせ、歩き出そうとした軽井沢だったが……。

「おはよう軽井沢さん」

「っ!?」

視線の先に座る綾小路に、意識が完全に囚われていた軽井沢は、背後から近づいてくる生徒に気付かず、間近から聞こえてきた声に驚き跳ね上がった。

軽井沢の顔を覗き込むキラキラとした大きな瞳。長く綺麗で艶のある髪、ぷるんとした唇。同姓でも思わず見惚れてしまう女子生徒。

「い、一之瀬さん。おはよ……」

「今日はいつもより早いんだね」

「え？　あ、うん、まあ……そうかも」

言われて初めて、今日は珍しく早い時間に寮を出ていたと自覚する。

ただ、一之瀬が自身のルーティーンを把握しているような口ぶりが引っかかった。

「いつも……どれくらいか分かるの？」

「うん。大体7時50分くらいだよね？」

「う……そう、かも……」

迷うことなく言い当ててきた一之瀬に、軽井沢は薄ら寒いものを覚える。

むしろ自分自身が登校の明確な時間を把握していないくらいだったからだ。

「最近、綾小路くんはああやってベンチに座ってる日があるんだよ」

「そうなん、だ……よく知ってるね」

「まあね。私はこの時間に登校するから、よく見かけるっていうか。ちょっと寮を出る時間を変えるだけで景色が違って見えるよね」

立ち止まって話す2人の脇を、登校する生徒たちがゆっくりと過ぎ去っていく。

その多くが一之瀬に挨拶をして、一之瀬もまた笑顔で挨拶を返す。

学校生活、友人の数が多いことが全てではない。

そんなことは軽井沢も分かっているものの、それでもこの2年間の学校生活で、歩んできた道のりが大きく違うことは明らかだった。

右を見ても左を見ても、前を見ても後ろを見ても一之瀬の友達ばかり。

下手をすると、軽井沢の所属するAクラスの生徒でも、軽井沢よりも一之瀬に対して親しく挨拶する割合の方が高いかも知れない。2年生だけでなく、既に1年生たちとも交流を広げているだろうことは軽井沢にも想像がついた。

「相変わらず凄い人気だね一之瀬さんは」

「人気？　ただ友達に挨拶をしているだけだよ。軽井沢さんに声をかけたみたいにね」

聞けば臭いと感じるようなセリフだが、一之瀬が言うと自然と納得してしまう。

築き上げてきた実績に裏付けされているからに他ならない。

「あ、そうそう。今日はいよいよ特別試験だね」

「……まあ、そう、だね」

「勉強の方はどうだった？」

「どうかな、あたしなりに頑張ったつもりだけど。一之瀬さんは心配ないからいいよね」

「そんなことないよ。常にプレッシャーに押し潰されそうなのを踏ん張ってるだけ」

そう答えた一之瀬だが、微塵もそんな苦しみは感じていないように見える。

少なくとも横に立つ軽井沢にはそう見えた。

そろそろ会話が自然と終わり、一之瀬は歩き出すだろう。

「聞いても……いい？」

このまま見送るべきだと脳が判断した時には、言葉が溢れ出ていた。

「ん？　何でも聞いて、聞いて。あ、でも少数戦に誰が出るかとか、ペナルティの付与をどうするかとかは秘密だよ？」

「そ、そうじゃなくて……」

「じゃあ多分ＮＧはないかな」

どうぞどうぞと、一之瀬は笑顔で軽井沢からの発言を待つ。

「一之瀬さんは……あ、綾小路くんと……その……付き合ってるの……？」

絞り出した声で、軽井沢は一之瀬に聞きたかったことを問いかける。

ただし、返事が怖いと感じて無意識に目を逸らす。

綾小路が自分に別れを切り出した理由の１つの可能性。

他の異性、一之瀬と付き合うために自分を捨てたのだという想像。

３年生としての生活を送る中で、嫌でも目に付く綾小路と一之瀬の距離感。

それは単なる友達同士には見えないものがあった。

軽井沢だけではなく、一部の間ではまことしやかに囁かれている噂でもある。

「私？　まさか。私なんかが綾小路くんと付き合えるわけないよ」

戻ってきた返答は、奇妙な言い回しの否定だった。

自分を大きく下げ、綾小路を上に見る発言。

ただどう考えても両者はお似合いで、ベストカップルと呼べそうな組み合わせ。

しかしそのことまでは深く気が回らない。否定は簡単に信じられるものではないと、軽井沢は逸らしていた視線を戻し一之瀬を見た。

「あたしに遠慮してるんだったら――――」

「本当にそんな事実はないの。私と綾小路くんはそういう関係にないよ」

「でも――――」

そんなはずはない。付き合っていないとしても、間違いなく関係性は変わっている。

だからこそ、しつこいと思われることを覚悟で食い下がった。

もう二度とは聞きたくない、問いかけたくない質問だったからだ。

揺れる瞳からの真剣な訴えを受け、一之瀬は少しだけ息をつく。

「でも、そうだね。軽井沢さんが考えてるように普通の関係じゃないとは思うかな」

「なにそれ……意味、分からないんだけど……。やっぱり付き合ってるってこと？」

「それは本当に違うよ。絶対にね」

「そう……そうなんだ……」

善人である一之瀬の変わらない答え。

つまり本当に嘘はついてないということ。そう信じても良いのかと考える。

もし本当に付き合っているのなら、付き合っていると言いそうではあるからだ。

だが素直には喜べない。複雑な心境だった。
今は付き合っていなくても明日には付き合っているかも知れない。
いや、今日付き合うことだってあるだろう。
軽井沢にとって、一之瀬と綾小路が付き合うことは絶望以外の何物でもない。
それでも今は避けようもなく、少しだけ心を安堵させてしまう。
今この瞬間だけは、救いが残っている。
そう心の中で無理やり納得した。
一方で一之瀬は隣に立つ軽井沢の、その微かな心の緩みを感じ取った。
付き合っていない事実を軽井沢は喜んでいるのだ、と。
そして自覚する。軽井沢との話の中で新しく1つの感情が生まれていたことを。
自分の中にも、小さくも黒い感情は存在するのだと知る。
去年、自身の恋心を確実に認識した時には、既に綾小路の恋人だった軽井沢。
その存在のことを考え、苦しくて涙した日も一度や二度ではない。
「分かるよ軽井沢さん。綾小路くんって素敵だもんね」
「っ……」
「そんな綾小路くんをどうして軽井沢さんが振ったのか、私にはよく分からないな」
綾小路に捨てられたことを理解しながら、一之瀬はそう問いかける。

「それは……」

自分が振られた、という事実を伝えることは出来ない。

そう思った軽井沢だが、それでも一之瀬に希望を与えたくはない。

「い、一之瀬さんは分かってるの……？　綾小路くんが、その――」

綾小路に近づきすぎれば痛い目を見る。そう教えてやりたいと考える。

しかし軽井沢がその続きを口にするのに戸惑っている間に、一之瀬が唇を開く。

「もしかして普通の人とは違う。そういう感じのことを言いたいのかな？」

言葉の先を読んだ一之瀬が被せるように答えた。

「……う、うん」

実際に似た言葉を発するつもりだったため、動揺しつつも頷くしか出来ない。

隣に立つ一之瀬は、少なからず綾小路の裏を知っている。そう直感する。

「アドバイス、あるいは忠告をありがとう。でも私は大丈夫だよ」

「……どうして、そう言い切れるの？」

「どうしてかなあ。それは私もちょっと分からないけど。別れたことを後悔してるの？」

「べ、別に……そんなことは……」

「そうかな。私にはとてもそうは見えなくって。もっと何かが違えば、大切な関係性を維持できたんじゃないかって、そんな風に考えたりはしていないの？」

どちらが振ったにせよ、結局のところ付き合う中で別れる原因が生まれる。だとすれば、その過程の不穏分子を取り除いていたならば未来は変わっていたかも知れない。

「これは私の勝手な憶測だけど、２人の関係性が終わったのは軽井沢さんが見返りを求めたからなんじゃないのかな？」

その言い方に、ここまで抑えていた感情が少し沸騰し始める。

何故、部外者の一之瀬に好き勝手言われなければならないのだろうか。

「見返りって何。あたし、別にそんなの――――」

「好きでいるから、好きでいて欲しい。愛しているから、愛して欲しい。ギブアンドテイク。その見返りが貰えないと苦しいし、悲しいし、傷ついてしまう。多分これは恋愛だけじゃなくて、友達や家族とも関係していること――――」

「何それ……そんなの、当たり前の感情じゃない……？」

「普通はそうだね。でも私は違うかな」

「あり得ない。一之瀬さんだって……だ、誰かと付き合うようになれば求めるでしょ？」

好きと言えば好きと返してもらう。無駄とも思えるやり取りこそが愛おしい。

「誰か？　その想定先は、綾小路くんってことでいいかな？」

「な――――」

「軽井沢さんなら分かってるでしょ？　私が綾小路くんを好きだってこと」

恥ずかしがることもなく、臆することもなく一之瀬は言い切る。

そして一呼吸おいて、軽井沢の言葉が出るよりも先に一之瀬は続ける。

「私はなんていうか、見返りを求めるより与える方が性に合ってるかなって。クラスの皆の相談には進んで乗りたいけど、だからってその代わりに何かをして欲しいとも思わないし。そういう延長線上に綾小路くんがいると思ってる。相手に好きになってもらう必要はなくって。私が好きでいさせてもらえればそれで十分なんだよね」

「……我慢できるわけないよ……」

「出来るよ。似たようなことをさっき言ったけど、これは恋愛だけじゃない。私は傍にいる誰かの役に立ちたい。傍で困っている人がいたら助けたい。それだけなの」

これは紛れもない一之瀬の本心。

無償の奉仕。

「そんなの……」

ただただ、この時間は軽井沢にとって残酷で息が詰まるような時間。

それでも軽井沢は、向けられた一之瀬からの視線を見てあることを確信する。

同じ異性を好きになった者だから分かること。

他でもない、最初にその異性の横に立った者として。

だから問わずにはいられない。

「もし──」

「ん？」

「もしあたしが……助けて……って、一之瀬さんにお願いしたら……助けてくれるの？」

誰か、の中には当然軽井沢も含まれる。

含まれていたはず。

恋敵である一之瀬に、軽井沢が頼ってくるはずなどない。

そう思っていた一之瀬にしてみれば、寝耳に水な言葉だったに違いない。

少しだけ沈黙した後に、一之瀬は小さく笑う。

「ごめん、前言撤回だね。助けないかな」

善意。

偽善。

そういった部分とは異なる、一之瀬の新しい考え方。

「全ての人を助ける力なんて私にはないから」

選ばなければならないこともある。

今までの一之瀬は、１００人いたら１００人を助けようとした。

50人しか助ける力がないのに、遥かな高望みをしていた。

それでは救えるはずの50人も救えない可能性がある。

なら、高望みせず最初から50人を全力で救おう。

新たに生まれた一之瀬の価値観。優先順位。

そして、その50人の中に軽井沢恵は含まれていないというだけ。

「あ、そうだ。言ってなかったけど、綾小路くんがベンチに座ってる理由――」

一之瀬が、伏目がちな軽井沢の目を下から覗き込みながら微笑んだ。

「この時間に私と待ち合わせしてるからなんだよ」

それに対する答えを持ち合わせない軽井沢は、より視線を落とすことしか出来ない。

「それともう1つ言っておきたいことがあるんだ。もし私と綾小路くんとの間に――何か人には言えないような大切な出来事、深い関係があったんだとしても、あの日、あの時はもう軽井沢さんとお別れをした後のことだから。私と軽井沢さんとの間で揉めたりするようなことは何もないってこと。うん、だから友達を続けることに問題はないよね？」

全てを語り終え、そう伝えてから一之瀬は歩き出し、綾小路に声をかけた。

声をかけられた綾小路は、携帯を片付け立ち上がり一之瀬の隣に並び歩きだした。

一瞬後方に立ち尽くす軽井沢には気付いたはずだが、それだけ。

目を向けたり表情を変えたりすることもなく。

綾小路を見つめる一之瀬の、幸せそうな横顔。

軽井沢は胃の中から込み上げてくるものを感じ、通学路から外れ茂みへと身を隠した。

誰に、その姿を見てもらえることもなく。

1

昼休みが終わった特別試験の開始直前、過剰な緊張感に包まれていたのは龍園(りゅうえん)率いる3年Bクラスの教室。

多くの生徒たちは自分自身のため、そして龍園からの叱責を受けないよう、特別試験までの日程、そのほとんどを勉強だけに費やした。当然1点でも多く取るためだ。

それでも願うのはただ1つ、自分が5人の中に選ばれないこと。

もし選ばれた上で敗れれば、龍園からどんな仕打ちを受けるか分からない。

少数戦に誰が選ばれるのかは少なくとも事前に当事者たちには伝えるもの。

しかし龍園は完全に口を閉ざし、誰を指名するのか1人も明らかにしなかった。

試験開始まで全員が候補者。

これ以上ない強気な手法に、誰一人手を抜けないと感じたことだろう。

葛城(かつらぎ)はクラス全体の学力を把握しており、この2週間足らずで向上が見られたことを実感している。もちろん、金田(かねだ)、葛城、椎名(しいな)といった面々はその厳しい対応に不安は感じておらず、少数戦での出番の有無に関係なく、クラスのため1点でも多く獲得することしか頭にない。それでも終始表情が険しいのは、対戦相手であるCクラスには遠く及ばないことを同時に理解しているためであった。

「ではこれから、少数戦に参加する5名の生徒の名前を読み上げます」

担任である坂上は昨日の段階で龍園から5名の名前を聞かされている唯一の人間。

「1番手『石崎大地』。2番手『藪菜々美』。3番手『伊吹澪』。4番手『近藤玲音』。5番手『木下美野里』。以上が少数戦の代表者5名になります」

全員の名前が告げられると、感情を抑えることも忘れ生徒たちは顔を見合わせた。

いくら誰が選ばれるか分からなかったとしても、絶対にないであろう滅茶苦茶な組み合わせだったためだ。

クラス内でも相当下位に属する、言わば勉強のできない、向上心の低い生徒たちが複数交じっていた。特に伊吹は2年生の初めまではある程度勉強についてこれていたが、以降はどんどん理解が及ばなくなり今では石崎と良い勝負をするところまで学力が低下している。そういう人選。さらに優先して参加させるべき生徒の名前が誰一人連ねられていない。

椅子を引いた時任はこの2週間の努力を振り返りながら苛立ちを龍園へと向ける。

「このふざけた面子はなんなんだ龍園。少数戦を捨てたのか？」

ただでさえ勝ち目のない全体戦。

覆すためには少数戦で奇跡の4勝を掴み取るしか方法はなかった。

クラスの誰もがその奇跡を淡く胸に抱えていた。

しかし龍園は迷いなく答える。

「ああ、捨てた。どんなに策を練ろうが端から勝てる勝負じゃねえからな。不満か？」

「不満？ 大いに不満だな。確かに俺もこの特別試験でまともにやって勝てるとは思ってない。かといってプライベートポイントをじゃぶじゃぶ使ってペナルティの付与を買う真似をしてたら、それだって不満だっただろうさ。だが、それでもやる前に勝負を捨てる必要はなかっただろ。俺たちが何のために死に物狂いで勉強したと思ってんだ」

「何のため？ そりゃテメェ自身のためだろ」

「ふざけるなっ！」

珍しくもなくなった龍園と時任の揉め事。坂上は聞き流しメガネを外すとレンズを丁寧に拭き始めた。

「ハッ、だったら聞くが、まともにやって勝てると思ってんのか？」

「可能性はあるだろって話だ。向こうも賢い奴ばっかりじゃない。ペナルティを恐れて60点くらいしか取れない奴らを起用してるかも知れない。だからこっちが金田や葛城をぶつけていれば勝ち目も――」

「ガキの妄想とも呼べない、現実味の無さすぎる話には何の意味もねえな」

「それは……だが、それでも最初から放棄する意味なんてないだろ！」

「意味なんてない？　いいや？　ちゃんとあるのさ。坂上、俺が指名した5人の中にペナルティを付与された奴はいるのか？」

「――――いません。０人です」

その報告を受けて自分の戦略が正しかったことを確信し、龍園は不敵に笑う。

「だから何だっていうんだ。石崎たちに付与する意味なんてないだろ」

「そうでもねえのさ。俺が指名した5人を相手は誰一人見破れてなかった。つまり、俺の思考を何一つ読めなかったってことだ」

綾小路に会い、カラオケルームで作戦会議を開いた日。

最後に葛城を呼び止めた龍園は、先に伝えていた戦略、その意向を全て撤回した。

今までの自分であれば、勝負の場に強引に飛び込み綾小路を倒すことに全力を注いだ。

そして綾小路の一枚上手な戦略にやられ、返り討ちに遭っていたと予想する。

一歩立ち止まり、状況をよく観察することの重要性。

純粋に不利極まりない特別試験に加え、現状は綾小路への打開策も思いついていない。

なら、ここで考え無しにアクセルを踏み込むのは単なる暴挙でしかない。

状況に応じて冷静にブレーキを踏み、コントロールする方が重要だと判断した。

言い換えてみれば、そんな新しい戦い方のパターンを綾小路は想定できていない。

向こうは常に、龍園が勝つための一手を打ってくると考えている。覚悟次第では蓄えた資金を投じてでも攻めてくると。勝つために綾小路は本気の思考を働かせた。だが、そんな必死の思考の先に待っていたのは誰一人見抜くことの出来なかった事実のみ。

龍園の戦わずに撤退という思考を読めず、候補者に頭を悩ませる間抜けな姿を晒した。思考外し。この5人全員を空振りしたこと。それが現実として起こっている。

「龍園。どうやらまずは相手の裏をかけたようだな。相手も驚いているだろう」

「ククッ、結局奴も万能じゃないってことさ」

打ち合わせ通りだと言わんばかりの龍園の態度に、時任はもう一度苛立ちを見せる。

「裏をかいて作戦を立てた奴に恥を掻かせられたとしても、そんなの結果オーライだろ。こんなバカな面子を並べ立てたって向こうの大半はありがたがるだけだ」

「他でもない綾小路を除いてな」

「無茶な移籍をして話題になってるようだが、その綾小路が何だっていうんだ。坂柳に取って代わるリーダーにでもなれると思ってるのか？」

詳しい事情を知らない時任の発言に、葛城が補足する。

「少なくとも龍園はそう考えている。俺もその1人だ。だがここでその議論をしても進むことはないので省くが、綾小路は今、リーダーになるための素質と資質を問われている最中だ。今回、綾小路が龍園の思考を読めるかどうかは今後において重要なウェイトを占める要素になっている」

「綾小路の読みを外させることがおまえの狙いだった……ってことか？」

「そういうことだ」

「それが今後有効だとしても、だからってこれはやりすぎだ。このままじゃ7連敗してクラスポイントも失う羽目になるかも知れないんだぞ」

「そうはならねえさ」

　笑って否定する龍園だが、時任は理解が出来ず舌打ちをする。

「全体戦は負けが濃厚。少数戦の人選は目も当てられない奴らばっかり。どう考えたって全敗だ……」

「いいや？　俺が相手の、綾小路の思考を読ませてもらったからな。読み通りならあいつは間抜けにも少数戦に参加してやがるんじゃねえのか？」

「正解です。向こうの参加者5名は1番手『綾小路清隆』2番手『島崎いっけい』3番手『福山しのぶ』4番手『真田康生』5番手『沢田恭美』となっているようで。そして――あなたが指定したペナルティの付与は、予定通り綾小路清隆にその全て、100個が反映されています。つまり彼が何点を取ろうとも0点。相手の完全勝利を対戦相手となる石崎くんが0点を取らない限り、未然に防いだということです」

「なっ――100個全部綾小路に付与……!?」

「言っただろ？　奴の思考は読んだってな」

いくら学力の低い石崎でも、白紙提出などにしない限り0点になることはない。

当然、石崎も絶対にそんなことはしない。

つまりこの時点でどれだけ負けても1勝は100％確定したということ。

「俺があの綾小路と戦って勝てるってことか⁉　ま、マジか！　嬉しいぜ！」

結果だけを見れば1勝6敗と敗戦が濃厚ながら、値千金の1勝ということになる。

「聞かされた時には戸惑いもしたが、これがリスクを回避した上での最適解だろう。相手の布陣に捻りはなく無難に学力の高い生徒ばかり。こちらの誰をペナルティの付与に選んだのかは分からないが、十中八九上位陣に割り振っていたと考えていい。とするなら、やはりこれは負け戦だった」

互角に近い生徒同士がぶつかり合えば、組み合わせと展開次第では1つか2つ勝利を奪えるかも知れないが、全体戦での2敗を考えると勝率は低いまま。

時任も相手の出してきたメンバーを見て、嫌でも溜飲を下げるしかない。

「精々奴らには勝利の美酒を味わわせてやるさ。だが、綾小路の思考は完全に無駄になった。あいつのことだ、試験の前に堂々と自分の読みを語り聞かせ、予告してたとしても不思議はねえ」

Cクラスに乗り込み指揮権を奪い取るには、それくらいの芸当が求められる。

「見事、あんたに相当な赤っ恥をかかされたってわけね」

「これでCクラスの連中も易々(やすやす)と綾小路を認めるわけにはいかなくなっただろうさ」

いずれは綾小路がリーダーに就くとしても、遅れさせることが肝要。

いずれ万全の舞台で倒すため、結果も含めまずは自分が変化を覚え柔軟に戦えることも見せつけておく。この展開は全て、龍園(りゅうえん)にとって理想通りの流れだった。

2

一方その頃。堀北(ほりきた)の所属するAクラスも同じ時を過ごしていた。

3年Aクラス対3年Dクラス。オッズではクラスの人数差でやや一之瀬(いちのせ)クラスが優位であるも、まだ全体戦に勝利する可能性も十分残されており、少数戦の読み合いとペナルティの付与次第ではどちらに転ぶか分からない。

まさに僅差の激戦――と、なるはずだった。

緊張感の漂う空気が、次の茶柱(ちゃばしら)の言葉で一気に重たいものへと変わることになる。

「残念だが……おまえたちが選んだ5名のうち3名は相手のペナルティ付与の対象だった。

2番手の『王美雨(ワン・メイユイ)』3番手の『幸村輝彦(ゆきむらてるひこ)』5番手の『高円寺六助(こうえんじろくすけ)』はそれぞれ25点ずつテ

ストの結果から差し引かれることになる。逆にこちらが付与した生徒で少数戦に参加してくるのは2番手の『神崎隆二』と3番手の『津辺仁美』の2名だ。そこから両名に付与した10点ずつ削ることになる」

「3人が25点……!?　そんなに……!?」

救いがない、とはこの状況を指すのだろう。25点の差が詰まるということは、学力A相当とD相当がほぼ互角になることもあるということ。

「プライベートポイントを使って大量に付与してきた……ってことですか？」

「悪いが、相手がどれだけ追加で購入したかなどは公開されない。分かっていることは、3人が付与の対象になった、ということだけだ」

仮にクラスの中で10人に25点を付与すれば付与が合計で250個必要になる。初期に与えられた100個を引き、150個を自腹で用意するなら750万。たった10人の付与想定でも、やや現実味のない大金である。

そんな大金を注ぎ込むことが想像し辛いとするなら、次に浮かぶのは──

「なあ平田。考えたくねえけどよ、これって情報漏れてたんじゃないのか？」

直面した現実を、須藤はそう解釈し受け止めた。

「……否定できないね……。でも、僕が話したのは誰に参加してもらうかを決めるために話し合いをした数人と実際に参加する5人。それと堀北さんだけだ」

　今回少数戦の5名を選ぶにあたって、堀北は自身では冷静な決断ができないと判断し指揮を平田に託した。その平田は1人で判断するタイプではないため、中心になって数人と話し合いを持ち5名を選び出した。言うまでもなくその5名の存在は最重要秘密であり、緘口令を敷いていた情報。漏れることのないよう徹底していた。

「ならその誰かってことだろ」

「いや……でも、そんなことは考えられないよ」

「けどよ、付与された相手を見てみろよ。普通高円寺なんて選んでこないだろ。言ったって真面目に参加する奴じゃねえし、相手だってそれを――――」

　そう言いかけ、須藤は1つの可能性を見出す。

「まさか高円寺、おまえか？　参加する奴には事前に伝えてたんだもんな？」

　その問いに何ら反応を見せない高円寺だったが、すぐに平田が否定に入る。

「それはないよ。僕は高円寺くんにだけは選んだことを事前に話していなかったんだ。あくまでも参加者に選ぶかもしれない、としか伝えていなかった」

　話し合いをする中で、最初から高円寺を除外して考えるのは相手を喜ばせるだけ。

　池から高円寺まで全員を対象として精査、選び抜くことが重要だと判断した。

　そして最終的に、高円寺を選出することが相手の意表を突けると結論付けた。高円寺は誰の指示も受けないが、過去筆記試験そのものは比較的真面目に取り組んでいる。

少数戦はあくまでも全体戦の延長で、個々に余分な追加作業が増えるわけでもない。

そのため、ある程度の高得点は放っておいても出してもらえるとの算段があった。

高円寺がどう動くか以前に指名の対象にされた、というのはまさに想定の外。

「だったらどうしてだよ。どう考えてもこんなの——」

「私が思うに、情報が漏れてたわけじゃないんじゃない？　だって、残りの2人は外してるわけだし。もし筒抜けだったなら全員見抜かれててもおかしくないでしょ。わざと2人を外す必要なんてないしね」

疑念を抱えたまま戦いたくない須藤に対し、櫛田がそう指摘する。

「……確かにそりゃそうか……」

「じゃあ一之瀬さんは憶測で3人もピンポイントで当ててきたってこと？　すご……」

それに合わせて、25個の付与という大胆さ。

通常では出来ないやり方に、呟いた篠原を始めクラスメイトの多くが驚く。

たった1人を除いて。

「……それも……違うと思う」

まるで独り言のように、ポツリとそうこぼす軽井沢。

「違うって恵ちゃんどういうこと？」

離れた席から、佐藤が問いかける。

「多分……見抜いたのは一之瀬さんじゃなくて……」

一呼吸置く。

その名前を口にするのは、どうしても重たい気持ちになるからだ。

今朝の2人の、あの幸せそうな光景が脳裏から離れない。

だからこそ軽井沢は1つの結論に至った。

「綾小路くん……なんじゃない？」

少し前までのクラスメイト。

その名前を聞いて、池がやや苛立ちながら声を張った。

「は――？　な、なんで綾小路なんだよ。あいつはCクラスに行ったし関係ないだろ」

「あたしたちAクラスは、Cクラスから見ても敵だよね？」

感情の薄い瞳で、軽井沢が池を見る。

その視線に異様な迫力を感じ、池は息を呑む。

「それは……まあ……」

平田は軽井沢の言葉を聞いて絡まっていた糸が解けていくのを感じた。

「あり得るね……。彼は2年間僕らと同じクラスだった。クラスの状態がどうであるか、誰を選びそうなのかを誰より想像できる。高円寺くんが筆記試験に対しては前向きな姿勢なことも、彼は分かっているからね。当てられたことに不思議はないかも知れない」

「だとしたら、マジで最悪じゃん綾小路の奴……！」

「決めつけはいけない。情報が漏れていたと考えることも、綾小路くんが絡んでいると考えることも全て憶測だよ。僕らはこの手札で戦うしかないんだから」

試験が始まる前から絶望に叩き落とされている。

それでも、このハンデを乗り越え勝たなければならない。

「皆ごめんなさい……私が……何も出来なかったから……」

堀北が後悔と謝罪を口にする。

そして激しく自己嫌悪する。

自分がもっとしっかりしていれば、状況も少しは変わったかも知れない。

「まだ僕らは負けたわけじゃない。現状は不利だとしても、諦めずに戦えばチャンスはあるはずだ」

平田は慌てず冷静にそう伝える。ここでモチベーションを下げても百害あって一利なし。

獲得できる点数が下がることはあっても上がることはないのだから――――。

3

そして、程なく茶柱から特別試験の始まりを告げられる。

午後一発目に実施された特別試験は終わり、やがて3年Dクラスではホームルームの時間になった。結果は翌日以降に持ち越されることなく、今日中に発表される決まりになっているため、クラスの中ではそわそわと落ち着かない生徒も多く見られた。

一之瀬はクラスをゆっくりと見回し、各生徒の表情などから総合的に判断し、この後の結果に期待を寄せる。全体戦はどう転ぶか分からないままだが、少数戦においては想像以上にペナルティの付与が上手く決まった。

50%前後だった勝率が、70%以上には上昇しただろう。そんな予測。

もちろん、結果を見る最後の最後まで気を抜くことは出来ない。

堀北クラスが25点のハンデを物ともせず高得点を連発してくる可能性や、全体戦で想定以上の成果を挙げてくる可能性もあるためだ。

高い期待と僅かな不安。

しかし、星之宮が教室に姿を見せた瞬間に後者の感情はクラス全員から吹き飛んだ。

星之宮の長所でもあり短所でもあるところが如実に表れている。

結果を発表する前からその表情は大きく緩み、嬉しさを堪えていることから、誰の目にも勝敗の行方は明らかだった。

「皆お待たせ。特別試験の集計結果が出たから、発表したいと思います！」

「っしゃ！　やったぜ！」

　フライングでガッツポーズを作る柴田。

「ちょっとまだ何も言ってないんだけど～？」

「だって丸分かりじゃないですか！　やったやった！」

　柴田が指摘して小躍りし始めるが、星之宮の頬は緩みっぱなしだった。

「最近の柴田くん凄く明るくなったよね。っていうか、ちょっと明るすぎ？　キャラ変」

　小橋と、その小橋の前に座る飯塚がそんな柴田を見てひそひそと話す。

「ほら、例の失恋があったし……自暴自棄じゃないけど、明るく振舞ってないと心が持たないんじゃないかな」

「あ～。しかもそれ柴田くんだけじゃないもんね、そりゃ仕方ないところだけどね～」

「まさか公開告白するなんて帆波ちゃんも変わったっていうか……え、ていうか綾小路くんともう付き合ってるんだっけ？」

「分かんない。でも最近はよく2人で一緒に登校してるし、付き合ってるんじゃない？」

「うーん……いや、綾小路くん、まあ格好いいとは思うけど、それでもあの帆波ちゃんが落とされるなんてねぇ。どういう接点があったんだろ」

　飯塚が一之瀬を見て、感心したように頷く。

「しっ、あんまりジロジロ見てたら気付かれるよ。男子は今その件でピリピリしてるんだから。下手に騒がない方がいいって」

「だってだって気になるしぃ。軽井沢(かるいざわ)さんのこととかさぁ……聞いたらダメかな？」

「ダメダメ。そういうのはほら、野暮(やぼ)ってものでしょ」

「はいはい皆(みんな)、結果に注目してね〜」

騒がしくなり始めた生徒たちに軽く注意をして、星之宮が咳払(せきばら)いを一度挟む。

そしてタブレットを操作し、勝敗が発表される。

Aクラス対Dクラス

	Aクラス		○Dクラス	
全体戦		2633点		2712点
少数戦				
1番手	須藤健(すどうけん)	66点	○姫野(ひめの)ユキ	69点
2番手	王美雨(ワン・メイユイ)	82点（ペナルティ25）	○神崎隆二(かんざきりゅうじ)	75点（ペナルティ10）
3番手	幸村輝彦(ゆきむらてるひこ)	84点（ペナルティ25）	○津辺仁美(つべひとみ)	77点（ペナルティ10）
4番手	○森寧々(もりねね)	69点	小橋夢(ゆめ)	68点
5番手	高円寺六助(こうえんじろくすけ)	72点（ペナルティ25）	○別府良太(べっぷりょうた)	71点

Bクラス対Cクラス

全体戦	Bクラス	2327点	○Cクラス	2880点
少数戦				
1番手	○石崎大地	40点	綾小路清隆	100点（ペナルティ100）
2番手	藪菜々美	47点	○島崎いっけい	81点
3番手	伊吹澪	43点	○福山しのぶ	79点
4番手	近藤玲音	47点	○真田康生	83点
5番手	木下美野里	50点	○沢田恭美	80点

互いにリーダー格の堀北、一之瀬は付与を怖れ参加せず。Aクラスの戦略は成績上位者と中間層を織り交ぜつつ、須藤や高円寺といった不意を突く組み合わせ。

一方でDクラスは中間より上のメンバーを中心に選んでいた。

結果だけを見れば共に上位のクラスが敗れるという結末だが、Dクラスは決して圧勝したというわけじゃない。余裕だったと感じる者は少ないだろう。

「怖かったけど、ペナルティを買っておいて良かった感じだね」

嬉しそうに話す網倉に、一之瀬は一度頷いた。

一之瀬たちは少数戦を的中させた３人以外に、平田洋介と櫛田桔梗にも25個のペナルティを付与。合計１２５万プライベートポイントを自腹で追加購入していた。安くない出費はあったが、40人で割ると一人当たりの負担は３万１２５０プライベートポイントと困窮するほどのものではなく、勝ったことにより毎月の収入が１万プライベートポイント増えるため４か月で元が取れておつりが出る計算になる。

「皆おめでとう。絶対に倒さなきゃならないＡクラスに見事勝利よ！」

先んじて分かってしまった結果でも、それが確定すると同時にクラスが歓喜に沸く。

「やったね帆波ちゃん！　勝ったよ勝ったよ！」

近くの女子たちも先生の言葉とともに喜びを爆発させる。

「ふう。ひとまず一安心ってところだね。肩の荷が下りたよ」

一之瀬も隣の席に座る白波と喜びを分かち合い、共にハイタッチを交わす。

生徒たちの喜ぶ姿を見て、担任である星之宮も嬉しそうに頷いた。

「うんうん。担任の私としても今回の結果には大満足かなー。もちろん、まだまだ差がある以上、ここからも気を引き締めて頑張っていかないとね～」

「っていうか……綾小路だけ負けてるって思ったけど、あの試験で満点ってマジで!?」

「凄く難しい問題も結構あったよね？　問題文すら意味分かんないのあったし……」

教室の中から驚きが上がると同時に、小橋と飯塚が顔を見合わせた。

『これだったのか⁉』という、1つの想像が働いたためだ。

「今まで実力を隠してた物静かなイケメン男子……ああ、これだよ小橋さん……」

「これだね飯塚さん……きっとこれだ……。帆波ちゃんは知ってたんだっ……」

2人は手を取り合い、勝手に解釈し目を輝かせ何度も頷き合った。そんな話をされているとは考えもせず、一之瀬は携帯を取り出して綾小路にメッセージを送る。

『満点なんて凄いね。ペナルティは残念だったけど、Cクラスが勝ててよかった。私たちのクラスも綾小路くんのお陰で勝つことが出来たよ。予想通り高円寺くんも出て来たし、堀北さんは参加しなかったね。本当にありがとう』

そう送ると、すぐに既読がつきメッセージが戻ってくる。

『こっちの助言を信用して選んだ一之瀬の勇気があっての勝利だ』

そんな謙虚な返信に、一之瀬は微笑まずにはいられなかった。

しかしまだ一応授業中であるため、これ以上のやり取りはせず、すぐに携帯の画面を消すことにした。

4

真嶋先生はCクラスの勝利報告を終え教室を後にする。いつもならパラパラと席を立ち、生徒たちが帰路に就き始めるタイミングだが誰も教室を出ようとしない。

まず席を立ったのは島崎だ。

いや、正確には島崎が動き出すのを待っていたと表現した方が正しいだろう。

無言で椅子から立ち上がると、迷わずオレの席の前にまで歩みを進めてきた。

何人かの生徒も近くで様子を見ようと動き出す。

近寄ってきた島崎の顔はよく見るまでもなく非常に険しい。

「綾小路。俺の言いたいことは分かるよな？」

そう言い、特別試験の結果が表示されたままのモニターを指差す。

「付与した生徒を全員外しやがって。とんでもないデビュー戦をやってくれたもんだ」

「落ち着けって島崎。試験には勝ったんだから同じだろ」

慌てて駆け寄ってきた橋本がオレと島崎の間に割り込むが、それを力強く払いのける。

「俺は試験前に言ったよな？　今回はクラスの勝ち負けじゃ判断しないって」

「ペナルティ付与の正確性を重視する、だったな」

「最低でも2人、密かに3人は当ててくると期待してみたら――――」

「勝てば官軍、負ければ賊軍って奴さ。それで今回は手打ちってことにしようぜ。な？」

結果を見てから終始焦っていた橋本が、何とかフォローをしようとする。

「悪いがそうはいかない。ここでハッキリと言わせてもらうつもりだ」

「ならせめて3人で話そうか。不平不満を大勢に聞かせりゃいいってもんじゃない」

そんな新たな提案を拒絶しようと島崎が拳を握りしめた直後、教室の扉が乱暴に開かれた。誰もがその不意の音に視線と言葉を奪われる。

「よう、邪魔するぜ」

許可も得ず勝手に教室内に入ってきたのは、先頭に龍園、次いで石崎と伊吹、そしてアルベルト。いつもの面々と言っていいだろう。

「おい、いきなりどういうつも――――！」

突如乗り込んできた強面たちに、教室入口の最前列に席を持つ清水は腰が引けつつも勇み立ち上がろうとするが、巨体が目の前に迫り龍園への接触を阻止する。

座っていろ、という圧に屈し清水は即、着座し直した。

そんな一幕が入口付近でありつつ、たまたまオレの近くまで出向き島崎との話を聞いていた女子の沢田が、龍園の歩き迫ってくる道を意図せず塞いでしまっていた。避けるタイミングを見失っていたため動けず硬直していると、龍園はそんな沢田の肩を掴み無理やり道をこじ開ける。

「きゃっ⁉」

小さな悲鳴と共に大きくよろけ、そのまま机に倒れ込むが咄嗟に手をつく。

派手に転びこそしなかったものの、容赦のない行動にCクラスが凍り付いた。

白昼堂々、しかも学校の教室で乱闘騒ぎでも起こるのではないか、そんな空気だ。

「こっちは取り込み中なんだぜ？　ったく、身体が足りないっての」

握り拳でオレに近づこうとしていた島崎から離れるわけにもいかなかった橋本は、自分の身体が1つであることを嘆く。頼れる鬼頭にヘルプの視線を送ったようだが、転倒しそうになった沢田の近くにいたにもかかわらず、一言も発さず、動かず、ただ自分の席に座ってこの状況を見守っていた。

「何でこうも味方は少ないかねえ……」

やるしかない。そんな決意と共に孤軍奮闘の橋本が島崎、そして龍園の間に立つ。

「勝利者インタビューを聞いてやろうとわざわざ来てやったんだ、どけよ」

口角を上げながら、龍園は橋本に目もくれず更にオレの方へと近づいてくる。

「私が責任を持ちます。直ちに射殺を」

などと無茶なことを背後の席の存在が囁いた気がしたが、絶対に責任は取ってもらえそうにないので無視しておこう。

「勘弁してくれよ龍園。今日は取り込んでるんだ」

「それがどうした」

「どうしたじゃねえっての……分かってくれるとは思っちゃないが……あぁもうくそっ」

龍園は橋本の眼前に迫ると、沢田にしたように立ち塞がっているその男の肩を掴む。

一瞬、反撃するかどうか迷った様子の橋本だったが、龍園は沢田と同じようにその肩を押し強引にオレへと突き進んだ。

臆した、というより先制で殴りかかる真似は流石に出来ないと判断したんだろう。

「それで？　これからCクラスを率いていくことは正式に決まったのか？　綾小路」

「島崎の話じゃ勝敗は関係なく少数戦の指名、その精度次第で認めるかどうかを決めるとのことらしい。生憎とオレはおまえの指名した生徒を誰一人見抜けなかった」

５人中０人という指名結果は、事実として今もモニターに映されている。

「そりゃ厄介な話だ。折角勝ったってのに、どうりで教室が湿っぽいわけだぜ。だが、まさかバカを並べるとは思わなかった、なんて言い訳をするつもりはねえだろうな？」

「誰がバカよ！」

「え、俺と伊吹のことだろ？」

当たり前のように自分と伊吹を交互に指差す石崎。

「んなこと分かってんのよ！　本人を前にして言うなってこと！」

「何だよ分かってんじゃん。あと俺たちは前じゃなくて後ろだけどな」

「そういうことじゃない！」

伊吹が石崎の尻に本気の蹴りを入れるが、背後の茶番は無視して言葉を続ける。

「なら今回はリーダーとして認められなかったってことか。残念だったな」

好き放題口にする龍園に押しのけられた橋本が再び割り込む。

「勝手に決めつけんなって。過程はどうあれ俺たちは特別試験に勝った。だから島崎たちとも話し合いをして今後の方針を決めてる最中だったのさ。なあ？」

頼むからこの場だけでもそうだと認めてくれ。そんな懇願を込めた視線を送る橋本。

しかし……島崎は首を縦には振らない。

「言っただろ、今回の特別試験は勝って当たり前の試験だって。筆記試験は俺たちのクラスが得意とする分野なんだ。勝った負けたで綾小路を認める要素にはならない。指名する生徒を読み切れるかどうか、あるいは見抜かれないかを重視するってな。結果そのものは言い訳できないくらいには散々だったよな」

実際、全体戦の合計点はハンデを抱えていても４クラスで頭１つ抜けている。

「だから島崎、それはだな……」

何とかしなければと橋本が島崎の言葉を遮るも、龍園が邪魔をする。

「クックック。なるほど、こりゃ確かに取り込み中のようだな。どうやら綾小路のリーダー誕生を祝う会は当分先になりそうだ」

しっかりと状況を把握した龍園は満足そうに笑って背を向ける。

小さく舌打ちする橋本だが、ひとまず厄介者たちに退場を願いたいところだろう。

状況の確認が済んだとばかりに帰ろうとする龍園を呼び止めたい者など普通いない。

ただ1人、オレを除いて。

「龍園。それは少し感覚が麻痺しすぎてるんじゃないのか？」

「あ？　感覚だと」

足は止めるも、意味が分からないと首だけを使って後方のオレを見る。

「分からないなら、島崎にこの話の続きを聞いてみるといい」

龍園は一度笑うのを止め、近くに立つ島崎に鋭い視線を向けた。

「おい綾小路。そういうのは龍園が去った後でもいいだろ？」

良い方向に転ぶと思えない橋本がそう静かに提案するが、オレはそれを拒否。

間近で蛇に睨まれ怯む様子を一瞬見せた島崎だったが、ふっと息を吐いて顔を上げた。

「なら遠慮なく言わせてもらうぞ綾小路。俺は今、不満を言いたくてここまで詰め寄ってたんじゃない。正直気に入らないところは多々あるが……それでも、ひとまずおまえを認めると言いに来たんだ。このクラスで指揮を執るってことに対してのな」

島崎の言葉は拒絶ではなく、承認。

当然、龍園や橋本にはどうしてそんな発言が飛び出すのか理解できなかっただろう。

「あぁ？　そりゃおかしな話だ。コイツは俺の指名を誰も見抜けなかった。おまえはその結果を重視するんじゃなかったのか？　しかも、綾小路はノコノコ少数戦に参加して俺からペナルティを受けた。その結果が0点。そのせいで貴重な完全勝利も消えた」

誰一人見抜けなかったどころか、逆に完璧に見抜かれていた最悪の展開。

そう感じたからこそ、傍に立つ橋本も何とか島崎を落ち着かせたかった。

「確かに綾小路自身が少数戦に参加しなければ、俺たちは完全勝利だった可能性が高い。けど……あの結果を見せられたんじゃな……」

苦笑いをしながら、表示されたままのモニターを振り返った島崎。

後を追うように龍園もその結果を見るが、当人は何も違和感を覚えない。

Ｃクラスの6勝1敗。それは龍園がわざと献上した勝利。少数戦で誰一人出場者の正体を読ませず、オレが出場することも見抜いての全ペナルティ付与。阻止した完全勝利。

まさに自分が思い描き、狙った通りの結果。

だが実際、見るべき本質は全く違う。

「分からねえな」

回答を求める龍園に対し、オレは島崎の代わりに一部説明を始める。

「勝敗の鍵を握る少数戦。確かに相手のクラスの人選が誰なのかを見抜くのは重要なことだ。島崎や他のクラスメイトがそれを評価の軸にしたのは至極当たり前。だが対戦相手が真面目に試験に向き合わないとすれば、そこに読むも読まないもない。事実、伊吹や石崎のような生徒が出てくることを読めたとしても付与する価値はないからな」

「ハッ、まあ普通ならそうだな。だが今回の焦点はそこだろ。俺が指名する生徒を見抜いて初めて意味がある。指名を外しても勝ちが濃厚の試験だから外しても構わない、それなら最初からテメェがリーダーに座るまでもない自立できたクラスってことだ」

「本当に読まなければならないのは、そんな理不尽な思考放棄の選択ではなく相手の本質、つまりおまえの狙いそのものだ。敵が正面から戦ってくるかどうか、どう戦うのか、そしてこちらがどうそれに合わせるかが重要なんだ」

龍園はオレと戦える貴重な機会を見す見す棒に振ったりはしない。

かといって、学力勝負では勝てる望みが薄い。それなら資金を注ぎ込んでも勝ちを狙うのか、あるいは諦めるのか。そういったものが焦点になってくる。そして、オレは龍園が勝負から降りることを選択しつつも、相手にダメージを与える策を練ると読んだ。

苦手な分野をあえて捨ててみせる、という一見すると英断とも取れる道。

本当の勝負は1学期の4月ではなく、もっと先、2学期、3学期。

だからこそ、オレがCクラスでリーダーとなる時期を少しでも遅らせたいと考えた。

決着をつけるのはその先だと、結論を先延ばしにした。

しかしそれらは全て潜在的な恐怖心からくる受け身な戦い方でしかない。

「島崎。今回の結果を受けて、おまえはオレという存在をどう感じたんだ？」

「……正直、想像より遥かにすげえ奴だと思ったよ。橋本が頼るのも無理はないって」

「あ？」

予想を外したことを責めるどころか褒める島崎の発言に、眉間のしわを寄せる龍園。

「考えてみろよ龍園。今回の筆記試験、綾小路と同じ学力Aの生徒だって、80点そこそこを取るのが精いっぱいだったんだぜ？　俺だってその1人だ。なのに綾小路は頭一つ突き抜けて1人だけ満点を取った。訳の分からない難しい問題も幾つかあったのに……そこは嫌でも認めるしかないだろ」

勉強が出来ると自負する生徒だからこそ、肌で感じるものがある。

「論点はそこじゃねえだろ。筆記が他人より出来たからなんだってんだ」

「論点は合ってるんだ。結局俺が、俺たちが知りたかったのは少数戦に出てくる相手を見抜けるかどうかとかそういうことじゃない。一番知りたかったのは実力だ。坂柳が退学してピンチの、このクラスを救ってくれる男なのかどうかが知りたかっただけなんだ。そして……俺が突きつけた無意味な要求に一切惑わされることなく、クラスが勝つために最善の選択をしたと今説明されて改めて感じた」

この島崎の発言で初めて、龍園の麻痺していた感覚が微かに解け始める。

「試験の結果が100点だったことだけじゃない。おまえみたいなヤバイ奴に完全マークされてるって事実が凄いんだ。100点マイナスのペナルティを1人に全部与えるなんて普通しないだろ？　多くても20か30でも与えておけばほぼ安泰なのに」

オレが実力を誇示するため少数戦に参加してくると見越した龍園。

プライベートポイントも温存する、リスクを抑えた一手を打つことを決めた。

クラスの敗北は安くない対価だが、オレが少数戦で負けることで完全勝利を逃せば、よりCクラスでの立ち回りに悪影響を及ぼすと見る。

綾小路には確実に勝たせない。完全勝利の阻止を綾小路の敗北で彩ってやる。

そんな思いも重なった最大値である１００という大量のペナルティ付与。

それは即ち、最大級の『警戒心』が誰の目にも明らかになるということ。

龍園の読みは正しかった。

正しかったが、それを読まれてしまっては意味がない。

オレが敗北を前提に少数戦に出たのは、この膨大なペナルティの付与を見せるため。

「おまえはオレという生徒を過去で学びよく理解している。だが、Cクラスの生徒たちはまだそのほとんどが理解できていなかった。この特別試験でどれだけの高得点を取れるのか、龍園にどれだけ警戒されているのかさえも知らなかった。オレが選んだのはCクラスの学力上位５名。極めてオーソドックス、言い換えれば捻り１つ加えていない。しかし、おまえが変則的に生徒を選ぶ予測はついていたし、ペナルティの付与をオレに振ってくることも分かっていた。なら、それが外れた時のために万が一の保険だけかけておけばいい。

葛城やひより、金田といった賢い生徒を手堅くマークすること。それが最もCクラスの勝率を高めるやり方。だからわざわざ化かし合いの攻防戦なんてする必要はない」

もし指名する生徒を何人か当てていたとして、それで本当に納得がいっただろうか？　たまたまだろう、運が良かっただけだろう、とそんな風に考える者も出てきたはずだ。

当然だ。振ったサイコロの出た目に身を委ねるような戦略を、完璧に読み切ることなど最初から不可能なのだから。

そんな確率の薄いところに、リスクを背負って照準を合わせる必要はない。

この有無を言わせない結果は、島崎からクラスメイトへと次々に伝播していく。

「龍園が、いや他の生徒全員が見ているのは特別試験の勝利と敗北だけ。それは当然のことだが、オレはもう1つ違う成果を得ることにも重きを置いていた。綾小路清隆という生徒が普通ではないこと。秀でた結果を出せること。そして龍園のようなリーダーから徹底したマークを受けていること。それら全てじゃ無くてもいいが、そういう誰の目にも明らかなものを求めていた。モニター越しに見れば個人戦で1敗の事実。だが、誰もオレが実力で負けたという判断は出来ない。この敗北は異常に際立って見えるからな」

「はは、間違いないぜ。おまえは紛れもなくとんでもない実力者って証明してみせた」

一番近くで今回の特別試験を見ていた橋本がどこか引きつった笑みを浮かべる。

もし少数戦に出ていなければ、具体的にどれだけのペナルティ付与を受けたか周囲に知れ渡ることはなかった。だからこそ参加することに意味がある。

意気揚々とオレの心情を確かめようと、この場に龍園たちが姿を見せること。

それすらも、全てはオレが想定していた流れの中にある。

まさに台本通りに、龍園は最初から最後まで動いてくれたということだ。

「龍園、おまえの望む展開になったか？」

残っていた全Cクラスの生徒たちは邪魔者である龍園に厳しい視線を浴びせる。

オレをアウェーに追い込むつもりが、全て自分に返ってくる。

「そういうことかよ……上等だ」

龍園はそう言い残すと歩き出し、Cクラスを後にする。

最後のアルベルトが扉を閉めたところで、クラスメイトからは喜びの声が上がった。

共通の敵が、無残にも退散していく爽快さに喜びを隠さなかった。

「これがあなたの狙っていた結末ですか。一体どこから描いていたんですか」

「最初からだ。情報はただ集めればいいというものじゃない。集めたが故に、それを利用して上手く事を運ぼうとする。橋本と森下と一緒にカフェで特別試験の話をした。その時に1年生の2人が龍園に指示され、話の内容を拾いに来た時のことを覚えてるな？」

「ああ、偵察をすぐに見抜いたのは流石だと思ったぜ」

「橋本や森下は本心から少数戦で2、3人は見抜かなければクラスに認められないという話をしていた。そしてその発言は龍園が放った刺客とも呼べる1年生たちに録音され、龍園の手に渡っただろう。それだけでなく、島崎たちの様子も監視していたはず」

　それらの貴重な情報を、あの男が活用しないはずがない。

「それを逆手に取ったと。しかし――――」

「1年生のデータを全て頭に叩き込んでいると言っても本当に龍園の指示を受けた生徒かどうか、森下は懐疑的だったな？」

「ええ、根拠に乏しい気がしましたね」

「あれには1つ明かしていなかった裏があった。始業式の日から特別試験が発表されるその日までの間、ある人物に1年生のところに忙しく飛び回ってもらっていた」

「飛び回る？　誰だ」

「龍園は、当たり前だが橋本のようなCクラスで情報を集める人間の動きにアンテナを張っている。下手に動けば、その狙いを簡単に察知されるだろう。だが、ここではない別のクラスには、後輩とコミュニケーションを円滑に図り、短時間で信頼を集め、そして情報を自然に引き出せる生徒がいる」

「一之瀬帆波、ですか」

「そうだ。あの1年生たちが龍園クラスの生徒に声をかけられ、そして金銭を受け取って協力することになった、という話を同じ1年生のクラスメイトが見聞きしていた。まだ庇い合うほどの関係性もない。しかし本来なら簡単には手に入ることのない重要な情報だ」

「だからあの2人が偵察に来たのだとすぐに確信を持てたんですね」

1つ1つの要素が絡まることで、その精度は高まっていく。

「同盟には様々なメリットがある。そして今回、一之瀬がAクラスを倒せたのも、オレからの助言を素直に聞き入れたことが勝因に上げられる。手を組んだからこそ情報を与えられ、受け入れ、そして実践できる。結果的に上2つを倒し、その差を100ポイントずつ詰めることが出来た」

感嘆する2人を前に、仲間と喜びを分かち合っていた島崎が手を差し出してきた。

「綾小路……ようこそCクラスへ」

「ああ。これからよろしく頼む」

オレが島崎と握手を交わすと、代わる代わるクラスメイトたちが握手を求めてきた。

5

「あ、あの龍園さ————もごっ！」

教室を出た後、声をかけようとする石崎を伊吹が口を押さえ阻止し、歩みを止める。

1人歩き続ける龍園は、石崎たちが立ち止まったことにも気付かず進む。

元々厳しい戦いであることを龍園、いやクラス全員は分かっていた。

苦手としている勉強で真っ向から戦えばまず勝ち目はない戦い。

だからこそ、ルールにおける勝利とは異なる部分で、後のアドバンテージを確保する狙いを持った。綾小路に恥をかかせ、リーダーの座に就くまでを遅れさせること。

しかしその思惑は無残にも飛散。思考全てが綾小路に読まれていた。

完全な空回り。独り相撲と表現しても良いだろう。

敵を勝手に肥大化し、高度な思考と戦略を試験に用いてくると思い込んでいた。

蓋を開けてみれば何のことはない。

綾小路は特別なことなど何もせず、自身の異質さをクラス、ひいては学年全体に知らしめることに成功した。

誰も取れない満点を取り、龍園が最大級に警戒した証明であるペナルティの全振り、更に意気揚々と教室に乗り込んでくることまで見抜き。

いや、それこそが特別な行為なのか。

「どこまでも――――ふざけた野郎だ」

結局のところ、綾小路に行動パターン、その心理が読まれていたということ。

考えに柔軟性を持たせたことすら想定されている。

無意識に腕が動き、廊下の壁を殴りつける。

自分自身に痛みを与え、罰しなければ感情を抑えられないと身体がシグナルを発した。
クラスポイントの差は縮まったが、まだリードしている。
この次、学力を競う特別試験でなければ勝機はある——。
いや、果たしてあるのか。
負けても次に勝てばいい。
更に負けたなら、その次に勝てばいい。
これまで信条としてきた、最終的な勝利。
それが再び揺らぎ始めている。
「チッ……」
慢心、過信、傲慢。
そんなものはとっくに捨てたつもりになっていた。
ところが実際には、何てことない墓穴で敗北を喫してしまっている。
「本当に俺1人じゃ勝てねえのか……？」
つい数週間前、この学校を去って行った坂柳とのやり取りを思い返す。
龍園は知らず知らずのうち、長く暗いトンネルに片足を突っ込み始めていた。

○敵と味方

Ａクラス敗北の責任、その所在はどこにあるのか。

そんなことは最初から分かり切っていることだった。

クラスのリーダーを預かりながら綾小路くんの移籍に動揺し、ここまで立ち直ることが出来ず戦略の１つも立てられなかった私にある。

もし１つか２つ。有効的な戦略を打てていれば十分勝機はあったかも知れない……。

それとも結果が惜しいだけで、中身では惨敗だったのだろうか。

放課後、誰もいなくなったＡクラスの教室。

答えを出せずにいる私は、１人この場所に残り続けていた。

負けた後、表立って責めてくる人は誰もいなかった。

それどころか、次があると慰めてくれる人たちばかり。

けれど、そんな須藤くんやクラスメイトたちからの温かく向けられた言葉のほとんどは、私の耳には残っていなかった。

何を言われたのか詳しく覚えていない、思い出せない。

そして気付けば、ただ椅子に、最後の１人になるまで頭を空っぽにして座っていた。

夕闇に染まっていく教室から、ふと窓の外を見つめる。
そこでもうすぐ陽が沈むことを初めて認識した。
「帰らないと……」
何も考えず立ち上がり扉に手をかけ、鞄を忘れたことに気付き、一度席に戻る。
それから誰もいなくなった廊下を歩き、昇降口へ。
ここで私は何をしているのだろう。
この場所で、何を目指しているのだろう。
孤独を強く感じる。
どうしようもないほど、私はダメになっている……。
明日には立ち直れるだろうか。
明後日には、前を向いて歩けるようになっているだろうか。
分からない。
何も分からない。
ずっとループしている。
靴を履いて、外に出て歩き出す。
……帰ろう。
とにかく寮に帰って、今はベッドで横になりたい——。

思考が途切れ、視界が大きく揺れた。

心の底から想定外の衝撃。

背中に強烈な痛みを感じると、問答無用で前方へと飛ばされた。

反射的に手は出たものの、満足な体勢で受け身を取ることも出来ず地面を滑る。

しかも地面はお世辞にも柔らかいとは言えない砂利の多いエリア。

鞄が転がり、砂煙が舞う。

「った……！」

遅れてやってくる更なる痛み。身体を守ってくれた手と膝に特に刺激が走る。

「なに……何なの⁉」

遅れてようやく、自分が蹴られたのだというとんでもない事実に気が付いた。

そして、その犯人が誰なのかを確認しなければ、という思考が時差で脳から伝令される。

「腑抜けたわね堀北。今の蹴りを避けられないなんて」

蹴ったことに対する悪気など、1％も持ち合わせていない声。

腕を組みこちらを見下すかのように鼻で笑ったのは、伊吹さんだった。

「あなた、なんてことするの……正気じゃないわよ」

無防備な人間に本気の蹴りを叩き込めばどうなるかも分からないの？

そんな注意と怒りを向ける前に、伊吹さんが侮蔑の視線をこちらへ落としてくる。

「あんたの腑抜けた様子がずっと癪に障るのよ。見てるとこっちまでイライラする」

「勝手に……そんなの、私を見なければいいだけじゃない」

こんなに辛い日々が続く中で、しかも手痛い敗北の直後に訳も分からない野蛮な人に何故蹴られなければならないのか。

まさに踏んだり蹴ったり。

私は手のひらに滲んだ僅かな血を見てため息をつく。

「ほらまた。そういう軟弱な態度が視界に飛び込んでくるんだから仕方ないでしょ。蹴り飛ばしてもらえただけ感謝して欲しいくらい」

「意味、分からないのよ」

こんな時に伊吹さんの相手までしたくない。

私は土を払いながら立ち上がると、落とした鞄を拾い上げる。

幸い膝の方は擦りむいてはいないみたい。

「ふんっ。反撃の1つも出来ないわけ？　まあしてきてもカウンター叩き込むけどね」

「そんなことするわけないでしょう……？　それに私は……そんな……」

こんな時でさえ、脳裏に浮かぶのは綾小路くんの姿。

「うっわ、今また綾小路のこと考えたでしょ」

「……だったら何？　あなたには関係ないことでしょう」

「どいつもこいつも、綾小路綾小路って。疫病神がクラスからいなくなって良かったたって喜べないわけ？」

「知恵が少し、いえ結構足らないとは思っていたけれど、本当にバカなのね。彼が不在になって喜べるわけがないでしょう」

「私なら小躍りするけどね。あいつの顔を見てると私はムカついてムカついて……あ～考えただけでムカついてきた。折角一泡吹かせられると思ったのに、龍園の奴。恥をかいたのはこっちだっての」

本当に苛立っているのか、地面を蹴る伊吹さん。

「一体何のことよ……」

そう呟いた後、今日の試験結果を思い返す。

綾小路くんは順当に龍園くんのクラスに勝利したんだったわね……。

それも普通とは違うインパクトを残した、派手な立ち回りで。

そんな試験の結果すら、今しがたまで無関係な遠い出来事のように感じていた。

「このままずっと腑抜けてるつもりなら迷惑だからあんたとはここまでね。この先金輪際私に関わってこないで、っていうか視界にすら入ってくんな」

「あなたに迷惑なんて一度もかけた覚えはないし、そもそも断つほどの関係なんて最初から持ち合わせていなかったはずよ」

むしろ金欠の彼女を助けるために、身銭と手間と時間を大いに割いた側だ。

感謝されることはあっても非難される覚えはない。

「あっそ。じゃあね」

蹴って言いたいことを吐き出してすっきりしたのか、伊吹さんは立ち去っていく。

私はその場に蹲って、まだ襲ってくる背中の痛みに目を閉じた。

「どうしてこんなことばっかり……」

始まった3年生の学校生活。

あのAクラスのプレートを見た瞬間が、唯一の喜びだった。

苦しい。

誰か……。

私を助けて……。

綾小路く―――。

「……大丈夫？」

蹲り顔を伏せていた私に、誰かが声をかけてきた。

「物凄い勢いで背中蹴られてたけど、怪我してない？　先生呼んできた方がいい？」

一部始終を見ていたのか、心配そうにこっちを見ていたのは軽井沢さんだった。

制服姿のままであることを見ると、この時間まで帰宅していなかったみたい。

「平気よ……。やっと痛みが引いてきたところ。彼女、全く常識が無いから……」

差し出された手を握ろうとして、自分の手のひらに血と土が付いているのを思い出し手を引こうとする。でも、軽井沢さんは先回りして手首を優しく掴み引き上げてくれた。

それから持っていたハンカチで制服の土を払ってくれる。

断るだけの元気がなかった私は、されるがまま献身的な彼女を見ていた。

「ごめんなさい、ありがとう。訳の分からないところを見せてしまったわね……。話の内容聞こえたかしら？」

「ううん……。ベンチに座ってたら堀北さんと伊吹さんのやり取りが見えちゃって」

そう言い、帰る方角にある先のベンチを指差す。

本来なら気付いていてもおかしくないのに、私の目に軽井沢さんは映っていなかった。

これじゃあ伊吹さんの気配を察知できないのも当然だわ。

彼女は私の鞄を拾い上げ、それからベンチに座るよう促してくれた。

強がりはしたものの、まだ痛みが結構残っていてその誘導に甘える。

「ごめんなさいハンカチ。汚れちゃったでしょう？」

「いいよ別に。っていうか汚れた時のためにあるものだしね」

「本当につくづく今はダメね……」

ため息をつき、私は目を閉じる。

どこまでも情けない自分を見せてしまっている。

「今日の試験もごめんなさい。私のせいでクラスを勝たせられなかった」

「堀北さんのせいじゃないと思うけど。あたしたちがもっと点数を取れてたら全体戦で勝つことだって出来ただろうしさ」

「……それでも、やっぱり私の責任よ」

これ以上は、本当に気を付けなければいけない――――。

軽井沢さんにまで、こんなに気を遣わせてしまっている。

「なんか意外だね」

横に座ったまま、軽井沢さんがそんなことを言う。

「……意外？」

「あたしの中で堀北さんはいつも、もっと凄くしっかりしてるイメージだったからさ」

「そんなことないわ。私なんて……」

否定しかけたけれど、すぐに声が出せなくなる。

何故なら、その否定が嘘だったから。

「……違うわね。自分でも、結構しっかりしていると思ってた。でも違ったのよ。しっかりしていたのは私じゃなくて……」

膝の上に置いた手を握りしめる。

傷ついた手のひらからじわりと痛みが広がる。

「綾小路くんがクラスにいてくれたから、ただ真っ直ぐ立つことが出来ていただけなんだって気付いたの」

ただ支えられていた。支えられていただけなのに、それが自分の力だと思っていた。

「弱い人間なの、私は。だから笑ってもらってもいいのよ」

慰められるよりも、きっとその方が今の私にはお灸を据えられるようでいい。

「笑わないよ。弱いのはあたしも同じだから」

けれど彼女は私を責めようとはしなかった。

「そんなことないわ。あなたは入学した当初から1つの芯を持ってた。方法全てが褒められたものだったかどうかはおいておくにしてもね」

すぐにクラスの同性と打ち解け、瞬く間にクラスで友達を作った。

多少悪評は立っていたけれど、それでも輪の中心にいたことは間違いないだろう。

私には、その行為は真似ようと思っても真似できるものじゃない。

軽井沢さんにとって、綾小路くんの移籍は良かったことなのかしら……。

振った側として、やっぱり出て行ってくれた方が良かったと感じているのかしら。

でも、あの日から軽井沢さんにも笑顔は無かった気がする。

それは単に今後のクラスの行く末を不安に思っていたから？

「あなたにとって綾小路くんはどんな人だったの……？」

踏み込むべきではないと感じつつも、自然と口からそうこぼれ出ていた。

「どんな人、かあ。ん……一言で表すのは難しいけど……」

思い出すかのように夕焼け空を見上げた軽井沢さん。

「あたしにとって無くてはならない人。大切な人……大好きな人……」

その横顔と発言は、とても自分から綾小路くんを振った人には見えなかった。

「……彼の方からなの？　もしかして……」

「それは言えない。言わないでいることが……あたしの存在意義のためになるから」

「――あなたは……」

私はなんて浅はかで愚かな人間なの……。

私の苦しみは、軽井沢さんと比較できるようなものじゃない。

それをこの場になってやっと理解することが出来た。

「足踏みしちゃうよね。辛いことが色々と重なっちゃうとさ」

「……本当に、本当にそうね……」

ずっと胸の奥につっかえていたものが、軽井沢さんの前で取れていく。

曇っていた私の視界が、少しずつ晴れていくのを感じた。

「痛……っ。ほんと彼女には困ったものだわ。どう考えても単なる暴力よあれは」

少し冷静になると、手のひらの痛みがぶり返してきてしまう。

「そうかも。でも……堀北さんのこと伊吹さんなりに心配してたんじゃないかな？」

「彼女が？　そんなことあるわけないでしょう」

「あたし今日はずっとこのベンチに座ってたんだけど、伊吹さんこの辺をうろうろして帰る気配がなかったんだよね。誰かが来るのを待っていたって感じ？」

「他の人を待っていたのよきっと」

もし伊吹さんにまで心配されていたのだとしたら、本当に重症だったということ。ってダメね。彼女の真意はさておき私が酷い状態だったのは事実だ。

「ねえ、堀北さん。１つだけ野暮なことを聞いてもいい？」

「野暮なこと？　何かしら」

「もしかして堀北さんも……綾小路くんが好きだった？」

「え――――？」

こちらを見てくる軽井沢さんの目は、冗談を言っているようではなかった。

本気の眼差し。

「な、何をバカなことを言っているのよ」

私が彼のことを好きだった、なんて……そんなことあるわけが……。

そう思いながらも、春休みの出来事が自然とフラッシュバックする。

あの時の胸の高鳴り。

得も言われぬ心地よさと同時に、気恥ずかしくなるような感覚。

今までに経験したことのない感情。

「あるわけ、ないでしょうそんなこと——」

そう絞り出すのが精一杯だった。

「私は誰かを、家族以外を好きになる経験なんて、今までしたことがないもの……」

「だけど即答できなかったのが答えなんじゃないの？　もし少しも好きじゃなかったら、真っ先に否定から入るのが堀北さんじゃない？　彼とは単なるビジネスパートナーだったから、みたいな？　……使い方合ってるか分かんないけど」

そう言って、軽井沢さんは怒るどころか小さく笑った。

悲しみや悔しさ、私なんかとは比べ物にならないはずなのに。

「あなたって……思っていたよりずっと良い人なのね」

「うわ、今更気付いたの？」

「ええ。もっと嫌味(いやみ)な生徒だと思っていた」

「失礼な～。なんて、ね」

自嘲した軽井沢さんは、言葉を続ける。

「実際にあたしは嫌な生徒だったと思う。傲慢で、我儘(わがまま)で、人から借りたお金だって返さず貰(もら)っちゃえばいい、それくらい――好き放題してやろうと思ってたから。少なくとも入学した直後のあたしはそうだった」

「あ、ごめんなさい。さっき私が野暮(やぼ)な突っ込みをしたから……褒められたものじゃないなんて」

「ううん。それは本当のことだから仕方ないよ。あたしもそんな自分が嫌だったし。変われた今だから言えることでもあるんだけどね」

「……どうして変われたの？」

「清隆(きよたか)が――あぁじゃない、綾小路(あやのこうじ)くんが……あたしを闇の中から助けてくれたから」

「闇……？」

軽井沢さんは私を見ると、どこか儚(はかな)い表情を浮かべる。

「麻耶(まや)ちゃんも知らない綾小路くんとの秘密、堀北さんにだけ教えてあげる」

そっと私の手を握る軽井沢さん。

その手は冷たかったけれど、何故(なぜ)だかとても安心できる不思議なぬくもりがあった。

痛いはずの傷ついた手が、その時だけ痛みを忘れられた。

そして語られるのは軽井沢恵さんという女性の歩んできた人生。

想像もしていなかった過去。

中学時代に受けたいじめ。人生を変えようと入学したこの学校で、嫌われることを覚悟でカースト上位に入ると決めたこと。平田くんとの偽りの恋愛。

そして――その事実に気付いた一部の生徒からの新たないじめの火種の発生と、綾小路くんの介入によって解放されたこと。それは、仕組まれたものでもあったこと。

1年生の時の出来事。屋上で行われた、龍園くんとの戦い。この件は夏に伊吹さんから聞かされて知っていたことではあったけれど、彼女の記憶力は当てにならないというか、詳細らしい詳細までは不明で所々が空白だった。軽井沢さんが龍園くんから酷い仕打ちを受けたことは知っていても、その背景までは分からなかった。

それが彼女自身の記憶とすり合わせることで全て埋められていく。

私は、ふと頬から流れ落ちる一筋の涙に気付いた。

彼女の凄絶な過去に、同情した部分もある。

強くなろうと嫌味な人間を演じる、それがどれだけ難しく険しい道のりであるか。

でも泣いたのはそれが理由じゃない。

あの時、伊吹さんに聞かされた時にもっと深く理解しておくべきだった。

「私は……彼に何も教えてもらえていないのね……」

ずっと隣にいた。

傍（そば）で、彼のことを知っている気になっていた。

でも違った。

もしかしたら、私は誰よりも彼のことを知らなかったのかも知れない。

私に見せていたのはいつも背中だけ。

けして振り返ることも、待つこともしていなかったのだと。

「――情けない」

自分が情けない。

まるで蚊帳の外にいた私が、誰よりも傷つき落ち込み、被害者だと思い込んでいた。

「情けないわね、私は……」

「あたしも一緒だよ」

そう言い、笑う軽井沢さん。

その自然な笑顔を見て、私も自然と表情が緩んだ。

「久しぶりにちゃんと笑ったかも」

「私もよ」

私と軽井沢さん。

接点なんて生まれないと思っていた。

でも今は、クラスの誰よりも繋がっている気がする。

彼女の手を握り返す。

すると、軽井沢さんも溜め込んでいた思いが溢れ出てきたのかも知れない。

キラリと頬に光る涙。

「お互いさ、凄く難儀な人に関わっちゃったね」

「ええ、本当にそうね……本当にそう」

きっと、彼には深く踏み込まない方がいい。

今、ハッキリとそう理解させられた気がする。

けれど――――。

ここで引き下がることは出来ない。

「こうなったら、意地でも彼にこちら側を向かせてやるしかないわね。そして、私は必ず皆とAクラスで卒業してみせる。約束するわ」

簡単にはいかないだろう。

彼が敵に回った以上、Aクラスで卒業することは過去に類を見ないほど険しくなった。

でも、もう立ち止まらない。

「やっぱり強いね堀北さん」

「そんなことないわ。私は弱い人間よ。でも、1人じゃないことに気が付けた」

仲間がいてくれれば、それも不可能じゃないはず。

「よーっし……じゃああたしも……そろそろ頭、切り替えていかないとね」

涙を拭い、グッと背伸びをしてベンチから立ち上がる軽井沢さん。

そして改めて笑顔で振り返る。

「一緒に後悔させてあげようよ。あたしたちのクラスから移籍したこと」

「ええ――――絶対に後悔させてやりましょう」

やっと一歩を踏み出す。

現実と、心と、その両方で。

1

特別試験は無事にCクラス、Dクラスの勝利で終わることが出来た。

あの後は島崎(しまざき)たちからのちょっとした歓迎会がケヤキモールで行われ、勝利を祝ってもらったその帰り。既に夕日は沈みかけていて間もなく夜になる黄昏時(たそがれどき)。

クラスメイトを先に帰したオレは寄り道をすべく、寮へのルートを外れていた。

空を見上げながらこの先のことを考える。

学校から次の特別試験が発表されるまで、少なくとも数週間以上は空くだろう。

本来、この空白期間を生徒たちは充電も兼ねて普通の学生として過ごす。

しかし1日1日は確かに刻まれていて、残り時間は減り続けている。

3年生に至っては、進路の問題も常について回る。

まだ4月ではなくもう4月、追いかけるクラスに休んでいる暇はない。

なので今のうちに打てる手を打つこと。

あらゆる可能性を考慮して備えておく必要がある。

災害時のために非常食や防災グッズなどを用意しておくのと同じこと。

使わずに済むなら、それに越したことはない。

夕暮れ時。呼び出しを受けたAクラスの生徒、櫛田は手すりに手をかけ、待ち人であるオレが来るのを1人静かに待っていた。

「どうしてこの場所を待ち合わせの場所にしたんだ？」

近づきながらオレがそう問いかけると、櫛田は振り返ることもなく答える。

「入学して間もない頃、不覚にも綾小路くんには色々と見られちゃったよね」

質問の答えははぐらかされてしまったが、特に追及することでもないのでスルーする。

「そんなこともあったな」

偶然にも中学が同じだった堀北と再会した櫛田は、そのことで過度なストレスを受け、

それを大きく溜め込んでいた。もっと穏やかな性格だと思っていたクラスメイトたちも本性を知って心底驚いたことだろう。

当時の櫛田は口封じのため、咄嗟に自らの身体を利用することも厭わない姿勢を見せた。

僅か2年前だが随分と昔のことのようにも感じるから不思議だ。

「事故みたいなものだったが、脅された時にはどうしようかと不安に思ったな」

「どうだか。あの時から私を陥れることを頭の片隅に入れてたんでしょ？」

「そんな気は全く無かった。本当に」

そう答えても、一瞬こっちを見た櫛田は全く信じていないようだった。

入学当初のオレには、まだまだ知らないことが多すぎた。

同世代の諸事情に関してはその最たるものだろう。

ホワイトルームでは同い年だった存在が次々と脱落し消えていった。

一人きりという環境に長い間置かれていた。

自分と同じ年齢の異性と距離を詰めることは、ホワイトルームを出てから入学までの間に一度もなかったからな。

いや……。

入学前に一度だけ、ホワイトルームを脱落した少女に会ったことはあったか。

脳が不要と感じたのか、その少女に関する記憶はほとんど抜け落ちていた。

本来なら必要のない過去を、幼い頃の姿をふと一瞬思い出す。

あの少女の名前は何だったか。

どんな会話を交わしたのか。

あるいは会話などしていないのか。

99％は思い出すことが出来ない。

学習に脳のリソースの全てを捧げてきた弊害と言えるのかも知れない。

もしホワイトルームの外へと出ていなければ向けることの無かった意識。

この学校で様々な人間模様を学習したせいか、少しだけ過去に興味を持つ。

あの少女は、そして他の者たちは今どうしているのだろうか。

一部は八神のように再教育を施されている、そんな線もあるのだろうか。

「私を呼んだ理由は？」

過去を回想していて無言が続いていたためか、櫛田がそう促す。

「クラスの方はどうかと思ってな。少し心配してるんだ」

「本当に？　そんなことに興味を持つくらいなら移籍なんてしてしてないでしょ」

「確かに」

「本題は別にあるんでしょ？」

オレは櫛田の横に並んだあと、察しの良い櫛田に本題を切り出すことにした。

「Ａクラスとの差を詰めるためには、この先内通者がいた方がなにかとやりやすい」

「は？　まさか私にクラスを裏切れって言うつもり？」

「そのまさかだ。見合った結果を出してくれればプライベートポイントを払う」

こちらが認めると櫛田は小さく笑った気がした。

「そのプライベートポイントのやり取りをしたせいで痛い目に遭ったんだよね。そんな私が敵になった綾小路くんに協力すると思う？」

終始こちらを向くことなく、そう言って拒絶の意志を見せる櫛田。

「協力しないのはもちろん自由だが、その場合秘密の保証はできない」

既にＡクラスでは暴露されてしまった本性。

しかし他クラスにまでは、まだ多く知れ渡っていない。

「それが脅しになると思う？　あの龍園くんも知ってることだよ」

「あの龍園だからな。櫛田の悪評をばら撒いたところで信憑性に欠ける」

この先で櫛田の腹黒さを龍園が触れ回ったところで、そんなことは知らないと突っぱねることが出来る。Ａクラスの生徒もわざわざ龍園の手助けをしたりしないだろう。

「だったら綾小路くんだって似たようなものじゃない？　勝手な移籍をしたんだから、暴露してても信じてもらえる保証はどこにもない」

「やり方次第だな」

「……自信あり、って感じ？」

「否定はしない」

　こちらの答えに驚くこともなく、想定できていたと言わんばかりに櫛田は目を細めた。

　景色を見つめるその目には他に何が映っているだろうか。

「私の力なんて無くても腑抜けた堀北のクラスなんて叩き落とせるでしょ」

「そう甘くはない。近いうち堀北は間違いなく立ち直る」

「へえ。意外とあの女を評価してるんだ？」

　堀北1人では難しいかも知れないが、クラスメイトの力があれば話は違う。

　遅かれ早かれ、ＣクラスやＤクラスの前に大きな障害となって立ち塞がってくる。

「それに、この先強引に退学者を出す必要が生まれれば話も変わるからな」

　そう伝えると櫛田は真意を確かめるため、初めてこちらを見つめてきた。

「退学者を出す……。私たちのクラスから？」

「特別除外する理由は思い当たらないな」

　櫛田の情報を元に、Ａクラスから退学者を出す。

　そう聞かされれば思うことは1つ。

「それさ、リスクが凄く大きいんだけど。お小遣いなんか貰ってクラスの足を強引に引っ張ったってさ、私がＡで卒業できなきゃ意味がないんだよね。万が一にも綾小路くんと繋がってるって知られれば完全に立場も失うしね」

「なら移籍するだけのプライベートポイントを残りの1年で貯めるしかないな」

「どこまで本気で言ってるんだか」

上辺だけの懐疑。オレの言葉から何が本当のことなのかを探ろうともしていない。

最初から嘘だと決めつけているのか、あるいは別の理由があるのか。

それとこちらに対して、真意を読み取らせないように取り繕っている。

自分の感情がどの位置に留まっているのかを知られたくないようだ。

「別に今すぐ返事をくれとは言わない。裏切りの誘いを受けたことを堀北や他の人間に話すのも自由だ。携帯で録音してるのならそれをばら撒くのも好きにすればいい。それはそれで堀北クラスの結束に繋がるだろうからな」

「何それ。なら綾小路くんは何がしたいわけ？　Aクラスを落としたいんだよね？」

「生憎とオレがやりたいことは1つじゃない」

詳細の説明を避けたが、櫛田も追及するつもりはないようだ。

「よく分からないけど、自分の我儘を通すってことだけは間違いなさそう。特別試験でも派手に1人だけ満点を取ってきたし、もう何も隠す必要はないってことか」

「そういうことだ」

オレは今日、ここで伝えるべきことは伝えたので十分と判断する。

櫛田からの返事はまた今度聞けばいいだろう。

「……今回一之瀬さんのクラスにアドバイスした？　3人当てられてたけど」

「少しだけな。堀北の精神状態を考えれば高確率で平田が中心になって動く。幸村は多少のペナルティを受けても自分なら勝てる確率が高いと言い出すこと。それに追随して王美雨が平田の期待に応えようと同調するだろうこと。リーダーで目立つ堀北は休ませる意味も含め起用しないであろうこと。勉強には比較的真面目に取り組む高円寺なら、穴を突けると考える可能性があること。そういう類のことだ」

「予想が外れたら責任を押し付けられることだってあるのに、怖くはなかったの？」

「もちろん所詮は読みの範囲内でしかなく、絶対の保証は出来ないものだ。だが考えなしに5人を選ぶくらいなら賭けてみるだけの価値は十分にあると言えるんじゃないか？」

読みの裏には、平田が誰を招集し作戦を立てたかなど、オレの力だけでなく一之瀬自身が動き、直接集めた情報もしっかり含まれていることを忘れてはならない。

だからこそ一之瀬も、そのアドバイスを受け入れることが出来る。

どちらか一辺倒に頼っているだけでは成り立たない関係性。

携帯が震えたので、オレは取り出し画面を見つめる。

「誰から？」

「橋本だ。寮で歓迎会の続きをしようと誘われた」

「今回の特別試験で結果も出したし、しっかりＣクラスにも認められたんだね」

「そんなところだ」

「ねえ」

立ち去ろうと背中を向けたところで、櫛田(くしだ)が再び話しかけてくる。

「なんだ？」

「本当にプライベートポイント、用意してくれるの？」

「もちろんだ。裏切る前に金額も伝える。納得がいかなければいつでも断ればいい。ただ今すぐは必要ない。オレもクラスも懐はかなり寒いことになってるからな」

櫛田が満足するだけの金額は残念ながら今すぐには用意できない。

「少しだけ考えさせて」

「もちろんだ。別に締切の期間も設けてない」

少し歩き出したところで、背後から見られている気がして振り返る。

櫛田は手すりを持ったままこちらを見ていた。

「私さ――不本意だけど、それなりに綾小路(あやのこうじ)くんのこと評価してるんだよね」

その発言に返事をする前に櫛田は視線を逸(そ)らした。

「それだけ。一応、伝えておこうと思って」

「そうか。またな」

含みを持たせた言い方だったが、今は特に気に留める必要もない。
あとは櫛田が自分の都合を優先させるか、あるいはクラスを優先するか。
選択肢と共に、後々の楽しみも1つ増やすことが出来たと言えそうだ。

○先に待つもの

櫛田への接触と、歓迎会が終わった翌日の放課後。

早々に片付けておきたいクラス内の問題が1つ残っていたので、近々ある人物を交え対応しようと考えていたのだが、意外にもその人物の方からオレへと声がかかった。

すぐに会いたいと熱烈なラブコールを受けたので、応えるため教室を後にする。

廊下では帰り支度を済ませた生徒たちが、続々と姿を見せ始めているところ。

元クラスメイトである本堂と沖谷とタイミングが重なるも、向こうは思わず視線を逸らした。その様子には、移籍のことだけではなく今回の試験結果に対する反応も含まれているようだった。少しずつオレに対する印象は変わり始めているようだ。

その2人を気に留めることもなく、オレは昇降口へと向かいそのまま校内を出る。

それから寮へと真っ直ぐ戻ることに。

「あ―――」

その道の途中で、こちらに歩いてくる宇都宮と椿の両名を見かけた。

「……どうも」

面倒そうな態度を隠そうともせず、軽い会釈をする宇都宮。

「久しぶりに2人の組み合わせを見た気がするな」

「四六時中一緒にいるわけじゃないんで」

淡々とそう答えた椿。

特に話すことがあるわけではないので、足を止めることなく擦れ違おうとする。

「なんか噂になってますね。クラスを移籍したこと」

椿は興味なさそうだったが、世間話程度にそう言いこちらを見てくる。

「折角Aに上がったのにCに降りるなんて、普通じゃない」

「まあ、先輩が普通じゃないってコトでしょ。ねえ？」

「そうかも知れないな」

椿とは合宿の時に、早朝出くわして立ち話をしたのが最後だったか。

卒業したら誰に会いたいか、そんな会話だ。

結局、途中で堀北や伊吹が起きてきて話は中断、続きがありそうなまま別れることになったものの、それ以来話をするような機会には恵まれなかった。

ただこうして会っても切り出す様子はないし、然程重要なことじゃないんだろう。

「私たち行くところがあるんで、失礼します」

「ああ」

オレも待ち合わせがある、あまり長い間立ち話をするわけにもいかない。

お互いに歩き出し擦れ違う。

その瞬間、横目でオレをジッと見つめる椿。

何か言いたげな椿と擦れ違った後、オレはどこか懐かしいものを感じた気がした。

「椿桜子――か」

忘れていた記憶。

必要のない記憶。

しかし人間とはかくも不思議なもの。

記憶に留めていないつもりでも、案外掘り起こせるものなんだな。

「なんですか。いきなりフルネームで呼ばれると怖いんですけど」

声を拾われたのか、立ち止まって振り返る椿はやや不満そうな様子だ。

怖いは言いすぎな気がするが、確かにフルネーム呼びに引っかかるのも無理はない。

今でこそ気にしないようにしているが、当初森下の呼び方は違和感だらけだった。

「合宿で話をした時のことを思い出した」

「はあ。話の内容なんて覚えてるんですか？　先輩にはどうでもいいことだったでしょ」

「この人と何の話をしたんだ？」

「あ、別に宇都宮くんには関係ないから」

鋭く突っ込まれ、宇都宮は居心地悪そうに視線を逸らす。

「あの時は話の途中で中断したからな」

「まあそうですけど。先輩にとっては大した話じゃないですから別に──」

「つい最近、ふと家族以外に会ってみたいと思える人物が出来た。それは多分、合宿でしてくれた椿の話のお陰だろう。だから一応感謝しておく」

「……家族以外に？　誰ですか」

こんな報告を長々とされても椿は困るだけ。そう思ったのだが、何故か問い返される。

「なんて言えばいいか。近しい言葉で表現するなら多分、幼馴染……だろうな」

そう。オレは改めて思い出した。

ほとんどが名前も忘れてしまった、ホワイトルームで共に学んだ同い年の子供たち。

その中にいた1人の少女。


名前は、ユキ。


そういう名前だった。確信は持てないが、ユキツバキという花の連想と、どこか椿と雰囲気が似ていたことが原因なのかも知れない。

それが微かな記憶を呼び起こす偶然のトリガーになったのだろうと、仮説を立てる。

いや──これは本当に単なる偶然なのか？

『先輩は雪って、好き？』

合宿で椿（つばき）から問われた言葉。あの時は違和感なんて覚えなかったが今は違う。

「――会ってどうするんですか？」

もう興味はないはずだが椿が食いついてくる。

「実際に会うわけじゃない。何となく、ふと懐かしさから会ってみたいと思っただけだ」

昔と今。会えば、何かが違って見える気がした。

だが会わない方がいいだろう。

あくまでも違って見える気がするだけ。

恐らく本質は変わらない。

新たに抱く感情は――何もないだろうから。

あの少女と椿に繋（つな）がりがあろうがなかろうが、やはりそれも意味のない無駄な話だ。

1

その人物が呼び出した場所は寮の裏、ゴミ置き場の近く。

まだ放課後になって間もないこの場所は、人気のない場所の1つでもある。

こちらが到着する頃には、既にその人物は影に溶け込むようにして待機していた。

「悪いな、待たせたか？」

静かにそう声をかけると、深い影から一歩前に踏み出してくる。

「よく、逃げずに来たな」

そう呟いたのはCクラスの生徒、鬼頭隼だ。

移籍してから今日まで、オレは鬼頭と一度も会話を交わすことがなかった。

「クラスメイトに呼ばれれば応じるのが務めだ」

「……もうクラスのリーダー気取りか？」

「間違った認識はしていないつもりだ。ある程度、まずは舵取りを任せてもいいと判断してもらえたと思っている。鬼頭はそうでもないようだが」

鬼頭との関係性は、けして良いわけではないが悪いとも思っていなかった。

少なくとも移籍前であれば、挨拶程度なら問題なく交わせる間柄だったと思っている。

「俺はおまえをリーダーとは認めていない」

「まあ、ここまで話どころかまともに視線を合わすこともなかったことからしてそうなんだろうな。坂柳以外を認める気にはなれないか」

「いいや……。俺にとって坂柳かそうでないかは関係ない」

「不思議だな。ならどうして坂柳には大人しく従っていた」

「俺がクラスを率いる人間じゃない以上、誰かが前に出る必要がある。葛城か坂柳かを問われた時にも、単純に勝率の高い方を選んだ……。それがＡクラスでの卒業に最も近いと考えていたからだ」

そう話すと、鬼頭の顔にはより苛立ちが含まれた。

「だが……坂柳は結局、最後まで自分の都合だけを考えていた。本質的にはＡなどどうでもよく、ただ自分が楽しめればそれでいいと好き放題していた。それでも、結果さえ出すのなら構わないと思っていたが……」

口下手な鬼頭にとっては、Ａへと導いてくれる存在なら坂柳でも葛城でも、あるいは第三者でも良く、ただその可能性が高い坂柳にベットしていただけという話。

そこに好き嫌いの感情はなく、有利不利という部分だけでドライに判断していたと言いたいんだろう。

「他人に託してきた結果がこの様だ」

「人のことを言える立場じゃないが、自分勝手な行動の結果クラスはランクを２つも降格。一番下がすぐそこだ。不満が出るのも当然か」

「おまえも坂柳と同じ。Ａでの卒業など本当はどうでもいいと考えている」

「確かにオレも好き勝手やろうとしている。鬼頭にとっちゃ面倒なことこの上ないだろうるつもりではいるが、それじゃ足らないか？」

な。だが少なくともAクラスに上がるチャンスを掴めるところまで今のクラスを引き上げ

「信じられないな」

だからこそ今度は、そんな有利不利だけで大雑把に判断するのではなく、自分も一歩踏み込んだところまで関与することを決めた。そんなところか。

「信じるに足るかどうか、俺なりに確かめさせてもらう……」

そう言うと、ぐぐぐと黒い革手袋を引っ張り上げ、両方の拳を強く握りしめる。

「おまえが強いことは、もう分かっている。……俺の不満を力で抑え込んでみせろ」

特別試験での戦略がどうとか、相手の思考がどうとか、そういう駆け引きを鬼頭は望んでいないということ。どんな芸当を披露しても、疑いは残り続ける。

純粋な力関係を示せば、その不満を飲み込み従うということらしい。

「発想は龍園と似たり寄ったりだが、それはそれでシンプルで悪くない。そういう方法で試したいのなら付き合ってもいいが――――。その前に1つ別件で注意をしておきたい」

戦闘態勢に入った鬼頭だが、何の話をされるのか見当もつかなかっただろう。

「注意……？　どういう意味だ」

「喋りは不得意でも、腕っぷしには相応の自信があるのは分かった。なら、少なくとも教室に龍園が乗り込んできたとき、おまえは誰よりも真っ先に動くべきだった」

「俺に龍園を殴らせたかったのか？」

「そうじゃない。おまえが迅速に動いていれば沢田が危ない目に遭うことを阻止できたと言ってるんだ。あの時、下手をすれば大怪我をしていた可能性もある」

沢田の近くに座っていた鬼頭は、あえて様子見、動こうとしなかったからな。

「笑わせるな。俺はおまえを――」

「オレをクラスのリーダーと認めていないから、という理由は稚拙すぎる。あの高円寺ですら、時にクラスメイトが危険な目に遭えば守るために動くことも出来る人間だ。男が女を守る、そんな古い価値観を押し付けるつもりは毛頭ないが、クラスの仲間であるなら強い者が弱い者を守ることに理由は必要ない」

「仲間……？　そんな風に考えていなければ問題ない、ということだな」

「もし本心からそう考えているのなら、確かに問題はない。だが、だとすれば鬼頭隼の存在はCクラスに不要ということにもなる」

一方的に要求だけ突きつけクラスには協力しない。そんなスタンス、無法が許されるのは確かな実力を内に秘めている者だけ。そうでないなら消え去るしかない。

「いいだろう。……おまえが勝てば今後は従う……。勝てばな――」

鬼頭は言葉を切ると、オレへと長い腕を伸ばした。

その腕がこちらの胸倉に届く前に、その腕を掴み阻止する。

だが向こうは慌てず、掴まれた腕ごと自身へと引き寄せようとした。どんな流れからでも一発殴り、こちらの戦意を喪失させようという意図は動く前から分かっている。

大抵の人間は、恫喝を込めたその一撃で口を閉ざしてきたんだろう。

「む……!?」

だが、簡単に引き寄せられないことを知るとすぐにこちらの腕を払いのけた。

やはり喧嘩慣れしているようで、本能のまま危険を察知できたようだ。

無理に飛び込み追撃せず、様子を見る鬼頭。

再び間を取り直し、軽い足取りで挑発的に足を踏み鳴らす。

「大抵の人間は俺に睨まれたなら、大なり小なり嫌悪し同時に怯えるものだがな」

それは自分が強いから、というだけではないだろう。

人が恐れるような見た目をしているという自嘲も含まれていた。

「生憎とそんな表面的なことに興味はない」

こちらが無関心であることで逆に不快感を覚えたのか、鋭い眼差しでオレを見据えた。

そして直後に力強く前に出ると、右の拳を振り上げ突き出した。

風を切る音が耳に響くような、無駄のないストレート。

慌てず、軽く後ろに一歩踏み込んでその拳を避ける。

そんな攻撃を2回3回と同じように避けると、鬼頭は不満そうに足を止める。

「……何故攻撃しない……」

「さあ。何でだろうな」

答えずはぐらかすと鬼頭は小さな舌打ちをし、再度拳を振るう。

今度は左を主軸に。だが、その拳もオレには届かない。

本来リーチの長い鬼頭のような相手に対しては、フットワークを駆使しながら懐に攻め込み、インファイトに持ち込むのがセオリーだ。

しかし鬼頭はそれを分かっている。だからこそ簡単には踏み込んでやらない。

鬼頭はイメージと異なる敵の動きに苛立ちを募らせる。しかも反撃の気配すらない。

今度は足を使うつもりのようで、蹴りを放ってくる。

その足の先端がオレの腹部に直撃しそうな瞬間、拳と同様に避けてみせると大きく隙が出来る。そこを逃さず鬼頭の身体を軽く手のひらで押し返した。

「ぬっ……!?」

鬼頭はバランスを崩して一歩後退し、若干足元が乱れる。

龍園を比較対象とした時、向こうは手も足も同じように使うだけでなく、変則的な攻撃も得意としている。一方で鬼頭は足の使い方は上手くない。だが上半身の動きは龍園よりも洗練されており、長い腕のリーチが如何に喧嘩において優位であるかを理解している。

立て直しを図ろうと意識が足元に行った瞬間——。

オレは鬼頭の腹部に左拳を捻じ込む。

苦悶。絶句。

まだ攻撃してこないだろうという勝手な慢心が生んだ油断。

反撃に使うつもりだった鬼頭の両腕は防御反応に奪われ自らの腹部へと向けられる。

こちらは何度も攻撃する予定などないため、この一撃で終わらせる。

利き腕こそ使わなかったが、今ので十分と考えていた。

しかし、鬼頭は膝を曲げつつもすぐにファイティングポーズを取り直す。

簡単にはやられないという執念か。

僅かな攻防戦で力の差は十分感じ取れたはずだが、芯は折れていない。脳が無理だと悟ってしまう前に鬼頭は土を蹴り、今度は両手を伸ばし再び距離を詰めてきた。

その手を捌くことは容易だったが、あえて受けて立つ。

大きく長い指先10本全てを使ってオレの首を捕らえ、その勢いのままこちらの背中を壁面へと押し込んだ。通常なら圧迫から逃れようと相手の両腕を掴んでしまうもの。

しかしそれは誤った行動。相手の腕を引き剥がすのは容易くない。

素早く手を広げたオレは、鬼頭の頭を挟むようにして手のひらを両耳に叩きつける。

想定になく、さらに耐性のない部位への攻撃に鬼頭の顔が歪むと、腕が離れ後退。

その瞬間にオレは前蹴りを入れて再度鬼頭の膝を折る。

「ぐっ……！」

強烈な一撃に苦悶(くもん)の表情を浮かべながらも、鬼頭(きとう)は即座に膝をついた。

倒れず、まだ負けていないという意思を強固に示す。

「強い、な……ここまでの差が……あるのか……」

「おまえも十分強いが、だからこそ正しく力を活(い)かした方がいい。普通の学校生活を送る分には暴力なんてものは必要ない。ただ、時として不可抗力の中で危険な目に遭う生徒も出てくる。鬼頭にはそんな生徒たちを守ってもらいたい。その代わりと言っちゃなんだが、オレがAクラスを狙える位置にまでCクラスを連れて行くことを約束する」

「……簡単に信じたりはしないぞ」

「それでいい。結果は近い将来、時間の流れと共についてくる」

オレを畏怖することなく、力強い視線を向ける鬼頭に手を差し出す。

「俺が、いずれその手を掴(つか)み、無理やり引きずり落とすことを恐れないのか？」

「それも楽しみの1つにしておく」

そう答えると、鬼頭は僅かに頷(うなず)いた後オレの手を取った。

Cクラスの船出として、こういう乱暴な一面があってても悪いものじゃないだろう。

対話を求める者には対話を。

力を求める者には力を。

各生徒に合った最適な方法で距離を詰めていくことが望ましい。

そのためになら、どんなことにでも付き合ってやろう。

2

放課後になると綾小路は足早に教室を後にする。それを見届けた森下はすぐに席を立つと、自分の席で携帯に視線を落としていた橋本の左肩をタブレット用のタッチペンで思い切り突いた。突いたというよりも突き刺した。苦悶の表情を浮かべながら振り向いた橋本に、後をついてくるよう視線を送り1人先に廊下へ。

少し遅れて右手で左肩を押さえながら橋本が教室から出てくる。

「ってぇな森下。乱暴な呼び出し方するなって――」

「単刀直入に言います。付き合ってください」

「……え」

一瞬痛みも忘れるような衝撃の一言に目を丸くする。

「おいおい、おまえも中々大胆だな……。つか、まさか俺のことを好きだったとは……」

「は？　何を勘違いしているんですか。この後すぐ生徒会室に行くので、それに付き合ってくださいという意味ですよ」

「盛大に主語が抜け落ちてるだろそりゃ……絶対にわざとだな」

「あなたが鼻の下を伸ばして私が彼女になった姿、果てには下着姿や一糸まとわぬ姿を想像し、あまつさえそれに触れたりアレしたりしてやろうと妄想するようだったらクラスメイトとして適切な距離を置く良い機会にしようと思っていましたから」

「早口でなんつーこと言ってんだ。はあ、まあ安心しろよ、おまえは俺の対象外だ」

「そうは言いつつも男は等しく獣だと言いますから。据え膳食わぬは男の恥とか昔のことわざを無理くり現代に持ち出して適用しようと企んでいたのでは？」

「企んでねえって……。つか俺に付き合わせたいなら付き合わせたいなりの態度を取ったらどうだよ。いや、そもそも何で俺をご指名なんだ？　生徒会に用なんてないぜ？」

　森下が橋本を警戒、もっと言うならば嫌っていることは本人にも明らかなこと。

「1人が寂しいなら綾小路にでも頼めよ」

「今日はトイレでも我慢していたのか、さっさと帰ってしまいましたよ」

「なんだそうなのか。だったら明日以降にでも――――」

「そうもいかない案件なんです。急ぎ堀北鈴音の様子を見ておきたいと思いましてね」

「……堀北の？　どうしてまた」

　ここで初めて、少しだけ森下の行動に興味を持つ橋本。

　ようやく痛みが引いてきたので、右手を肩から離して下ろした。

「昨日の特別試験で一之瀬帆波のクラスに敗北していましたし、心境を確かめておきたいんですよ。ここに綾小路清隆を引っ張り出すと、また色々と面倒じゃないですか。私が見たいのは彼女の動揺ではないので」

「ま、確かに綾小路を連れていきゃ、移籍の話題に心が塗り固められるわな。特別試験の結果とかそれ以前の問題か」

「その点あなたなら、多少なりとも堀北鈴音とは接点がありますし、口八丁手八丁で情報を引き出してくれそうですから」

「それは一応褒めてくれてると受け取っていいんだよな？」

「ええもちろんです。裏切り者の得意分野ですからね」

「またそれかよ――――ま、別にこの後は特に予定もないし付き合ってやってもいいぜ」

「これを機に私と親睦を深めても、好感度のパラメータは1ミリも上がらないので、それだけは勘違いしないよう」

「だから、それは無いっての……」

早速行きましょうと、森下が歩き出そうとしたところで2人の背後から声が届く。

「私もついていって構いませんか？」

目を細め、興味深そうに声をかけたのは白石だった。

「白石!?　いつの間に……」

「お二人がこっそり出ていくのを見たら、好奇心をそそられるじゃありませんか」

「残念ですが、お呼びではありませんよ白石飛鳥」

「秘密を抱えるのは結構ですが、私たちは同じクラスメイト。仲間ですよね？」

森下の突き放す言葉にも、白石は動じず柔らかい物腰で対応する。

「親しくもない人間を同行させたくはありませんね」

「あら、では橋本くんは親しい人間なのですか？」

「もちろん親しくなどありませんが、程度の違いですね。便座の表面と裏面のような」

「俺が表面って解釈をしていいんだよな？　いや、表面も十分嫌だけどな」

「私も森下さんも、この2年間坂柳さんに任せきりで静観を続けてきた身。この辺りでクラスのために行動したいと考えても不思議はないのでは？」

便座の裏面に例えられても気にしていない白石は、そう問いかける。

「嫌な目をしていますね。実に生意気なことです」

「褒め言葉、と受け取らせていただきますね」

「いいでしょう。綾小路清隆に遭遇しても面倒です。すぐについてきなさい」

招かれざる客の白石を交え、森下を先頭に移動を始める。

「そういや白石、この間吉田と西川を連れて綾小路とカラオケに行ったんだって？」

「はい。クラスの親睦を深める意味で有意義かと思いまして」

「おまえが今更男子を誘うことに驚きゃしないが、手を出すつもりじゃないよな?」

「いけませんか? 綾小路くんと遊んでは」

「悪いとは言わないがやめとけよ。痛い目見るだけだぜ?」

「私は痛い目を見ても構いませんよ。それも楽しそうです」

本心からそう答えた後、白石は続ける。

「それにしても、彼は実に見事な初勝利を飾りましたね」

「ま、確かに上々の滑り出しだったな。無難に勝つだけじゃなく、龍園を利用して自分のクラスでの立場を一撃で確立しやがった。まさに最高の助っ人だぜ」

嬉しそうに笑う橋本だが、森下は振り返りながら呟く。

「私は少し怖いですよ橋本正義」

「あ? 怖い? 何がだよ」

「綾小路清隆ですよ。私たちと行動を共にしている時も常に言動に気を遣い周囲に敵がいれば言質を拾わせ、何も知らない私たちも一緒に利用する。そして彼は一之瀬帆波にアドバイスを送り堀北鈴音のクラスに負けも付けさせた。旧友にも容赦なく牙を剥いている」

「結構なことだろそれは。下手に情けをかけて手を抜かれるのは困るぜ」

「それはそうです。しかしあまりにも冷徹が過ぎるとは思いませんか。この先Cクラスで好き放題やりたいがためだとしても、まるで彼には心というものが存在していないかのようです」

「ロボットじゃあるまいし流石に考えすぎだろ。喜怒哀楽だって少ないがあるしな」

「それも表面上だけなんじゃないですか？」

「……なんだよ、何が言いたいんだ」

「あなたがどうなっても構わないのですが、それでも忠告はしておきます。彼とはあくまでも利害の一致。やむを得ない戦略で引き抜いた助っ人。私たちもまた彼にとって道具の1つに過ぎない、ということを肝に銘じた方がいいでしょう」

不意に見せる森下の真面目な表情と、そして意見。

いや、考察とも呼ぶべきその発言に橋本は僅かに喉を鳴らす。

白石はそんな2人の会話に参加はせず耳を澄ましながら話を聞いていた。

「……分かってるさ。俺は誰が相手でもそう接してきた、それはこれからも変わらない」

「それならいいのですが。くれぐれも深入りしすぎないことをオススメします」

「おまえだって人のこと言えるのか？　今までずっと1人を好んでた癖に綾小路には随分入れ込んでるよな」

ニヤッと笑って橋本が森下を弄ると、少し目を開き窓際へと足を進める。

「まさか……ひょっとして……それは……コイ？」

「確かに、あの池にいるのは教頭先生がよく餌やりしてる鯉ですね」

森下が窓から見下ろしていたその場所を見て、白石が冷静に突っ込む。

「フ、お見事です白石飛鳥。私のすれ違いコントのノリについてくるなんて」

「……やるな白石」

「いえいえ、それほどでもありません」

「さ、バカなことをしてないで生徒会室に向かいますよ」

ひとりごちた森下が何事もなかったかのように歩き出し、それに橋本と白石も続く。

「それにしても白石飛鳥。あなた本当に綾小路清隆に興味を持ったようですね」

「無い方が変じゃないですか？　下位のクラスに進んで移籍する変わり者。でも実力は折り紙付き。何より声が素敵です」

「声？　まあ何でもいいですが私が言ったように危険な人間です。火傷しますよ」

「だからいいんですよ」

「……だからいい？」

いつも飄々としている森下が、珍しく怪訝そうな顔を見せた。

「いえお気になさらず。しかしどうしてわざわざ生徒会なんですか？」

「消去法です。相手のクラスに乗り込めば目立つし、それはカフェや帰り道でも同じことです。かといって、私たちが寮で部屋に押しかければ当然警戒される。しかし、生徒会での活動中ならエリアに立ち入る人物は最小限ですし素の様子が観察できますからね」

やがて3人は生徒会室のあるフロアへと近づく。

「直接訪ねるんですか？」

「それは状況次第ですが――」

「おっと――」

生徒会室のフロアに顔を出した時、扉がちょうど開いたタイミングだったため、森下と橋本、そして白石は反射的に近くの曲がり角に身を潜めた。

隠れる必要性があったかは定かではないものの、後ろめたい行動をしている人間の無意識の心理が働いた形と言える。

「あなたは本当に働き者ね、七瀬さん」

隠れつつも覗き込み、生徒会長の堀北と2年生で書記を務める七瀬の姿を黙視する。

「そんなことはありません。堀北生徒会長の的確な指示のお陰です」

謙遜しつつも、堀北に対する評価を口にする。

上辺だけなら、どこか嫌味にも聞こえそうなものだが、堀北はそんな印象を受けない。

純粋な彼女の視線と言動は素直に評価できるものだった。

入学時Dクラスに配属された七瀬は、1年間を戦い終えた今もDクラスのまま。

幸い、まだ上のクラスと絶望的なほどにポイントが離れていないことが救い。

だが宝泉をリーダーに据えている以上、七瀬の長所が活かせるとは思えないと堀北は考える。むしろ彼女が陣頭指揮を執った方が上を目指せるような気がする、と。

しかし、これを3年生の堀北が発言するのはやや問題。

それでも、公平性のある観点とは違って少し肩入れしたくなる気持ちが湧き上がってくることは仕方がない部分でもある。

「七瀬さんもAクラスを目指しているの？」

「そう、ですね。Aクラスで卒業したい気持ちはもちろんあります。ですが、私は無事に学校生活を終えられるのなら、それが一番だと思っていますが」

「進学や就職は自分の力で勝ち取れるから？」

七瀬の成績は、OAAで見る限りは上々。生活態度だって申し分ない。

余程の高望みでなければどんな選択でも簡単に掴み取ってしまいそうに見える。

「そういうわけではありませんが……。あの——綾小路先輩のこと、少しだけ聞いても構いませんか？」

そんな七瀬の言葉に、特に驚きはなかった。

綾小路がクラスを移籍したことは、綾小路を知る人なら後輩でも気にするところ。

「構わないけれど、私に教えられることは多くないわよ。彼は何も告げずにクラスを変えてしまったから」

「堀北先輩に何も告げず、ですか。それはとても辛いですね」

「強がりでも平気とは言えないわ。けれど、起こってしまったことは仕方がない。この先は少しずつでも前を向いていかなければならないもの」

綾小路に移籍され、特別試験では敗北。しかし堀北の表情は想像以上に明るい。

「良かったらこの後ケヤキモールでお茶でもどうかしら？」

「いいんですか？」

「もちろんよ」

「後で合流してもいいですか？　友達に伝えたいことがあるので電話をしたくて」

「ええ。先に行って構わないの？　すぐに終わるならここで待っているけれど」

「この時間はカフェも混みますし先に行っていただいた方が良いと思います」

「それもそうね。それじゃあ私は先に向かっているわね」

「はい。堀北先輩。また後で」

そんなやり取りを、３人は息を殺し盗み聞きしていた。

幸いにも堀北は反対側の階段から降りるようで、橋本たちの方へと歩いてくることはなかったため、一安心する。

七瀬はそんな堀北を見送りながら、ポケットから携帯を取り出した。

「もしもし」

どうやら既に電話が鳴っていたようで、そのまま通話する七瀬。

「不要不急の連絡はしない。それが取り決めではありませんでしたか？　月城さん」

七瀬の電話に全く興味の無かった３人だが、聞き覚えのある名前にそれぞれ顔を見合わせる。

「分かっています。予定通り綾小路先輩の監視はあと1年続けます。ですが、気がかりなのはやはり石上京の方かと。当初予想されていた通り、彼には知的好奇心に加えて、私のような役割を与えられた側面があるものと推測します。それから……1年生に少し気になる生徒が入学していました。まさかとは思いますが……絡んではいませんよね？」

おおよそ学生らしからぬ会話が続けられる。

「それは、はい。いざという時は――」

と、七瀬は空いていた方の手でポケットから更に携帯電話を取り出す。

「すみません、ちょっと急用が出来たので一度失礼します」

まだ話が続きそうだった流れから、七瀬は突如として通話を終わらせる。

「堀北先輩、どうしたんですか？　……あ、なるほど。了解しました。じゃあ10分後に向かうことにします。はい、はい。失礼します」

右手にも左手にも携帯を持っている七瀬。

この学校では原則、1台しか携帯は所持することは出来ない決まりになっている。

何か見てはいけないものを見てしまった３人は覗くのを止め、身を引く。

しかしその僅かな動作が、少しだけ音を立ててしまった。

静まり返っている廊下。

気付かれたか、気付かれていないか。

その微妙な状況に、3人は全く身動きが取れなくなってしまう。

堀北と同じように反対側に歩いてくれればそれで問題ない。

そう願った、その僅か数秒後――――。

「先輩方、こんなところで何をなさっているんですか？」

曲がり角に身を潜めていた3人の下に七瀬が音もなく姿を見せ、声をかけてきた。

「っと⁉　いや、俺たちはちょっと堀北に用があって、な？」

「ええ今来たばかりです。それが何か？」

「そうですか。堀北先輩は反対側から降りていかれました。1分ほど前なので、今からならまだ追いつけるかもしれません、橋本先輩と、森下先輩。それから白石先輩も」

七瀬は迷わず3名の名前を言い微笑む。

「私のことをご存じなんですね」

「ええ。これでも生徒会の人間ですから、先輩方は一通り把握しています」

七瀬は値踏みするかのように白石を見て、不自然にならない時間で視線を外した。

「では先輩方、私はこれで失礼します」

深々と頭を下げた七瀬は、そう言い階段を降りていく。

「いやマジビビった。冷汗かいたぜ」

「バレてなければいいですが。というか携帯2台持ちでしたね」

「しかも月城って、あの月城か？　どうなってんだよあの2年生は」

「綾小路清隆の名前も出ていましたし、きな臭い感じがプンプンしますね。名探偵のじっちゃんを持つ私の血が疼いてきましたよ」

「絶対に嘘だろそれ。つかどうする？　何なら今から七瀬の後を追ってみるとか？」

「それは止めておいた方がよろしいかと。随分と気配に敏感なようですし」

白石はそう呟き、七瀬のいなくなった階下を見つめた。

あとがき

ハロー！　衣笠（きぬがさ）です。お元気ですか。２０２５年もどうぞよろしくお願いいたします。

最近の悩みはとにかく枕。首と背中の負担を考えて、理想にあった枕を欲しているのですが、これがなかなか見つからない。恐らくここ１、２年間でとにかく買い替え続けています。

一度、高いお金を出してオーダー枕を買った時にはこれだ！となった気がしたのですが、しばらく使っているとやっぱり違うなとなり……。

高さ低さも大事ですが、最近気が付いたのは反発力があったり固い枕がとにかく合わないんだなと。

かといって柔らかすぎたり沈み過ぎるのも何だかしっくりこないし……。

これからも出口なき枕探しの探求は続くと思います。

切実に理想の枕が欲しい……。

今回も雑談はこれくらいにして、よう実のお話も少し。

いよいよ物語も高校生最後の１年間となりました。

作中ではまだ2年間しか経過していませんが、現実世界では間もなく節目の10年になるのではないでしょうか。読者の皆様と一緒に自分も随分と歳を取った気がします。

3年生編もこれまでの1年生編、2年生編と同様のボリューム前後になると考えておりますが、一応話半分に聞いておいてください。

それから最後に今年の目標を。

色々考えましたが、やはりここは——。

お仕事をもっと頑張る、で。

色々と新しいことにも挑戦したいですしね。

そういうお話を出来る日が近い未来にくるといいなと思います。

では皆様、また次の巻で！

ようこそ実力至上主義の教室へ 3年生編1

2025年 3月 25日　初版発行

著者　衣笠彰梧

発行者　山下直久

発行　株式会社 KADOKAWA
〒102-8177 東京都千代田区富士見 2-13-3
0570-002-301（ナビダイヤル）

印刷　株式会社広済堂ネクスト

製本　株式会社広済堂ネクスト

Printed in Japan　ISBN 978-4-04-684635-8 C0193

●お問い合わせ
https://www.kadokawa.co.jp/（「お問い合わせ」へお進みください）
※内容によっては、お答えできない場合があります。
※サポートは日本国内のみとさせていただきます。
※Japanese text only

◇◇◇

【 ファンレター、作品のご感想をお待ちしています 】
〒102-0071 東京都千代田区富士見2-13-12
株式会社KADOKAWA　MF文庫J編集部気付「衣笠彰梧先生」係　「トモセシュンサク先生」係